ESTELA SEM DEUS

JEFERSON TENÓRIO

# Estela sem Deus

*6ª reimpressão*

COMPANHIA DAS LETRAS

Copyright © 2022 by Jeferson Tenório

*Grafia atualizada segundo o Acordo Ortográfico da Língua Portuguesa de 1990, que entrou em vigor no Brasil em 2009.*

*Capa*
Alceu Chiesorin Nunes

*Imagem de capa*
*At the gates of paradise*, 2020, óleo sobre tela de Antonio Obá, 200 × 289 cm. Cortesia do artista e da Galeria Mendes Wood DM São Paulo, Bruxelas, Nova York. Reprodução de Bruno Leão

*Preparação*
Willian Vieira

*Revisão*
Erika Nogueira Vieira
Natália Mori Marques

*Os personagens e as situações desta obra são reais apenas no universo da ficção; não se referem a pessoas e fatos concretos, e não emitem opinião sobre eles.*

Dados Internacionais de Catalogação na Publicação (CIP)
(Câmara Brasileira do Livro, SP, Brasil)

---

Tenório, Jeferson
 Estela sem Deus / Jeferson Tenório. — 1ª ed. — São Paulo : Companhia das Letras, 2022.

 ISBN 978-65-5921-158-6

 1. Romance brasileiro I. Título.

---

| 22-112043 | CDD-B869.3 |
|---|---|

Índice para catálogo sistemático:
1. Románces : Literatura brasileira          B869.3

Eliete Marques da Silva – Bibliotecária – CRB-8/9380

Todos os direitos desta edição reservados à
EDITORA SCHWARCZ S.A.
Rua Bandeira Paulista, 702, cj. 32
04532-002 — São Paulo — SP
Telefone: (11) 3707-3500
www.companhiadasletras.com.br
www.blogdacompanhia.com.br
facebook.com/companhiadasletras
instagram.com/companhiadasletras
twitter.com/cialetras

*Para João, meu filho,*
*que já sabe que a escrita é confissão.*

I. A PROTEÇÃO DO ABANDONO

*Deus não gosta de perguntas.*

Augusto

# 1.

Até os meus treze anos, eu só tinha ido ao cemitério uma vez, e foi na ocasião em que a vó Delfina parou de respirar enquanto estava sentada na frente de casa, olhando o movimento da rua. Lembro que, naquele dia, eu conheci meus outros parentes mais afastados e todos eles estavam muito tristes. Mas, pouco antes de morrer, a vó Delfina me ensinou algo importante sobre a perda. E isso ocorreu certa vez, quando eu e o Augusto brincávamos no pátio e vimos um filhote de passarinho cair do ninho e se espatifar na nossa frente. Dois pingos de sangue coloriram a terra. O ovo havia se partido ao meio e dentro dele um filhotinho frágil e trêmulo agonizava.

Ficamos olhando sem saber o que fazer. Então, o Augusto pegou um graveto, mexeu na casca do ovo e eu disse: não faz isso, Augusto. Mas meu irmão não me ouviu e continuou mexendo no passarinho como se a vida fosse um brinquedo. Então eu entrei em casa chamando a nossa avó. E hoje penso que a vó Delfina era mesmo uma pessoa muito delicada, porque os lugares em que ela estava sempre se apaziguavam, mesmo se um dia estivéssemos no meio de uma tempestade com trovões medonhos e estrondosos, ou numa guerra com bombas e feridos, seria sempre a vó Delfina a emprestar sua paz para as coisas.

Eu disse: vó, tem um passarinho morrendo lá no pátio e o Augusto está mexendo nele com um graveto, acho que ele está matando o bichinho. A vó Delfina se levantou com certa dificuldade pedindo para que segurasse seu braço, e fomos até o pátio. Quando chegamos, o Augusto estava apenas olhando o ovo partido. Disse que não tinha feito nada.

Ficamos nós três olhando aquele pequeno desaparecimento. Então perguntei: vó, o que acontece durante a morte.

Minha vó era muito pensativa, e devo dizer que foi nesse dia que eu achei que ela fosse filósofa:

Não há "durante" quando se morre, Estela. Há somente um estar ou não estar mais na vida.

A vó Delfina disse aquilo com tanta serenidade que chegou a me doer. Tive vontade de chorar porque a simplicidade da morte me assustava e, talvez, percebendo minha tristeza, ela decidiu: Vamos enterrá-lo. Eu concordei. Mas meu irmão achou uma grande bobagem e disse que preferia gastar a tristeza dele com outras coisas.

A vó Delfina não deu importância para ele. Eu também não.

Estela, vá enterrá-lo, ela repetiu.

Mas eu, sozinha, indaguei.

Sim, é assim que se lida com a morte, ela disse.

Olhei para vó Delfina com certo receio, mas, mesmo assim, obedeci. Peguei uma pazinha de plástico, dessas com que a gente costuma brincar na praia, e comecei a cavar. Depois peguei o filhotinho morto com todo cuidado e o coloquei no buraco. Cobri-o com terra.

Agora vamos rezar, falou a vó Delfina. Vamos rezar e pedir para que este passarinho vire um santo.

Por que virar um santo, perguntei.

Porque os santos são seres que já conheceram a morte, mas que gostaram tanto da vida que ainda permanecem entre nós.

Achei estranho, mas concordei. As filósofas são assim: dizem palavras que só vão fazer sentido depois de terem feito certas voltas dentro da gente. A vó Delfina teve tanto cuidado com aquele funeral que depois até cheguei a pensar que a morte fosse uma espécie de ternura. À noite, não dormi muito bem porque fiquei me lembrando do passarinho embaixo da terra, sendo devorado por formigas e vermes. Pensar na morte me aprofundava, mas o medo me trazia de volta à superfície. E nessas horas eu achava que a natureza era violenta e injusta. Mas a vó Delfina dizia justamente o contrário, que era preciso pedir perdão à natureza, mesmo se não fôssemos culpadas; tínhamos sempre de pedir perdão aos bichos porque nós os comemos, perdão às árvores por derrubá-las, perdão ao mar por entrarmos nele.

## 2.

Certa vez, cheguei a pensar que meu irmão também fosse filósofo. Nesse dia, o pai dele havia morrido. Minha mãe recebeu uma ligação, depois sentou na sala em silêncio e o Augusto perguntou, o que foi mãe. E sem responder de imediato, ela começou a chorar devagar, como se estivesse economizando a tristeza. Foi então que percebemos que algo importante e grave estava por vir.

Em determinado momento, minha mãe se virou para o Augusto e disse, sem muitos rodeios, que o pai dele tinha morrido. Meu irmão não disse nada. Nenhum de nós disse nada. E também não fazíamos muita ideia do que vinha pela frente. Logo a seguir, meu irmão se levantou, foi até a janela e ficou olhando para fora. Por algum motivo, achei que os filósofos agiam assim quando eram informados sobre a morte de alguém. Augusto não chorou naquele dia.

Quando meu pai desapareceu, eu também não chorei.

Minha mãe dizia que ele não merecia um pingo das minhas lágrimas porque um dia eu iria crescer e ser alguém, e que jamais precisaríamos dele para coisa alguma na vida. Mas hoje tenho consciência de que minha mãe só disse aquilo porque na época não fazia a mínima ideia do que nos esperava. Nós nunca sabíamos o que nos esperava. A gente teve de se acostumar com a vida vindo assim, a galope.

Minha mãe era empregada doméstica, mas tinha parado de trabalhar havia algumas semanas por causa de uma doença nas mãos. Um dia, o médico olhou para as mãos dela e ficou preocupado. Falou que aquilo era causado pelos produtos que ela usava para limpar as casas. Alertou que dali em diante ela deveria usar luvas, mas minha mãe não contou nada disso para os patrões, pois tinha certeza de que achariam que toda aquela história era algum tipo de capricho e não gastariam dinheiro com isso. As mãos de minha mãe eram negras, mas estavam cobertas por uma crosta de pele morta que as deixavam esbranquiçadas.

A gente estudava pela manhã, e à tarde ela nos levava para as casas que quase sempre ficavam na zona sul da cidade. Íamos junto porque ela dizia que tinha medo que o Augusto virasse um aviãozinho do tráfico, e eu, uma prostituta, mas a gente sabia que na verdade ela nos levava mesmo para ajudá-la na limpeza. Não sei dizer se ela nos levava também para nos ensinar algo sobre a vida; só sei que no início, confesso, eu achava uma grande chatice. No fim das contas, percebi que estava errada em pensar daquela forma. No fundo, eu até gostava, porque me habituava àqueles espaços, me imaginava morando naqueles apartamentos enormes, dormindo naqueles quartos grandes. Em algumas dessas casas havia piscina e tudo. Mas, antes de entrarmos, nossa mãe nos advertia: vocês não mexam em nada que não é de vocês porque, se fizerem isso, eu boto os dois na Febem. E nós não mexíamos em nada porque morríamos de medo de parar na Febem. Nossa mãe tinha um grande poder de convencimento sobre nós, principalmente quando o argumento era a vara de marmelo, a cinta ou, nesse caso, a Febem.

Admito que eu estava impressionada com o meu irmão, que ainda não tinha chorado com a morte do pai, ao contrário da nossa mãe, que estava com lágrimas nos olhos. Porém, ela também não deixava de me impressionar porque a tristeza não a impedia de fazer as coisas: ela limpava a casa, fazia a comida, dava comida ao nosso cão. Desconfiei de que aquilo que minha mãe fazia, nunca parar a vida por causa do pranto, era uma espécie de milagre. Nesse dia, descobri também que o pai do meu irmão tinha outra família. Foi quando comecei a tomar consciência das coisas, porque eu estava me tornando adolescente e já me preocupava com a vida. Eu estava me tornando uma moça, como dizia minha tia Odete, e então passei a entender certas coisas. Entendi por que o Fernando permanecia apenas um ou dois dias por semana em casa. Minha mãe dizia que ele viajava muito e que era uma pessoa ocupada. E nós acreditávamos em tudo, pois ela tinha consciência de que as crianças são fáceis de enrolar.

No cemitério, foi bom eu e o Augusto irmos juntos, porque um encorajava o outro quando tínhamos medo dos mortos. Nós olhávamos todas aquelas lápides e achávamos algumas esquisitas e até engraçadas. Como aquelas estátuas mutiladas, ou as que tinham o nariz quebrado. Por vezes, esquecíamos por que estávamos ali. No entanto, esquecer a morte pode ser algo grave, porque o cemitério também existe para nos lembrar de que um dia nós estaremos ali embaixo da terra, junto com as minhocas, as raízes e os vermes. E às vezes ainda pensava naquele filhote de passarinho sendo devorado por outros bichos. Então, quando lembrava essas coisas, desaparecia qualquer possibilidade de sorrir. Além disso, eu não queria que a alegria estragasse o enterro do Fernando, pois meu irmão precisava compreender como se deve proceder no enterro de um pai.

As pessoas iam chegando e se postavam ao redor do caixão. Outras ficavam apenas alguns minutos ali, como se estivessem conversando com o morto. Então, chegou a vez de o Augusto e eu nos aproximarmos do defunto. Vi minha mãe chorar mais um pouco, mas agora o pranto já era mais contido. E essa era outra faceta da minha mãe: administrar a tristeza. E talvez a felicidade fosse só isso: saber administrar a tristeza. Tentei chorar, me esforcei, mas não consegui. Se eu já tivesse conhecido a Melissa naquele tempo, ela teria me dito que chorar não faz bem para quem já se dói.

Vimos que a outra família do pai do meu irmão havia chegado. Senti que o clima poderia pesar. Entrou uma mulher que parecia mais velha que a minha mãe. Tinha os olhos tristes e cansados, estava acompanhada de duas crianças e um adolescente magro, alto e feio. Não avançaram. Nossa mãe colocou o braço em volta da gente, fazendo uma espécie de proteção, e depois disse, meus filhos, se despeçam do pai de vocês. Mas eu pensei: Fernando não é meu pai. Além de não fazer a mínima questão de que ele fosse, nunca nos demos muito bem, mas não importava. Rancores não cabem num enterro. O Augusto não sabia como se fazia para se despedir de um pai morto, nem eu, porque meu pai não havia morrido, apenas desaparecido — no fundo, era quase a mesma coisa. Acho que nem os filósofos sabem se despedir.

# 3.

Ao voltarmos do enterro, minha mãe estava desolada. Ela foi para o quarto e nós ficamos na sala. Fui até a cozinha ver o que tinha para comer, e meu irmão Augusto perguntou se eu acreditava que as pessoas iam para o céu depois que morriam. Casualmente, eu andava pensando nisso e quis dizer a ele que para mim o céu era uma grande tolice. Mas devo dizer também que eu pensava dessa forma porque na época a igreja ainda não havia entrado em nossa vida. Jesus ainda estava longe de nós. Vivíamos sem Deus, e isso não me incomodava.

Logo a seguir, chegaram as minhas tias e, com elas, a Virginia e a insuportável Angélica. Vieram consolar minha mãe. Eu não gostava da Angélica justamente porque ela tinha quinze anos e se achava muito adulta. Tinha peitos grandes e já namorava. Hoje sei que aquilo que eu sentia se chama inveja, e minha prima parecia saber disso, porque sempre que podia dava um jeito de dizer algo que parecesse adulto. Aquilo me irritava profundamente. Porque, além disso, eu era magra demais, tinha pernas muito finas, não tinha bunda nem seios direito, e para completar nunca havia beijado alguém na boca.

Nossa mãe saiu do quarto com os olhos inchados, e minhas tias a abraçaram. Sei que aquele abraço era uma trégua, pois minhas tias e minha mãe nunca se entenderam muito bem — então, descobri que a morte também tem o poder de apaziguar os afetos. Houve um momento em que nossas mães pediram para a gente ir para o pátio. Quando isso ocorria era porque elas falariam de coisas sérias. A Angélica não foi com a gente para a rua, e aquilo também me deixou irritada, pois eu sabia que ela nos olharia com arrogância por não ser mais tratada como uma criança, mas como uma adulta.

Mesmo assim, me aproximei da janela para escutar o que elas iam dizer. Mas meus primos e meu irmão estavam fazendo muito barulho, o que, no fundo, até foi bom porque o barulho tem isso de espantar um pouco a tristeza. O dia começou a escurecer e um temporal se armou. Minhas tias e a insuportável da Angélica foram embora antes da chuva. Naquela noite não teve janta; minha mãe não estava em condições. Ela foi dormir mais cedo e disse que havia pão no armário, que a gente ia ter de se virar.

Fui até a cozinha novamente e abri a geladeira, tirei a manteiga rançosa e espalhei pelo pão. Também peguei uma jarra de plástico com água e joguei nela o conteúdo de um saquinho de refresco em pó de morango, que não tinha gosto de morango e prometia fazer dois litros de suco. Aquela foi nossa janta. Enquanto a chuva descia com força e os relâmpagos iluminavam a noite, o Augusto mordiscava o pão e olhava fixamente para a parede. Desconfiei que ele estivesse pensando na morte do pai. Mas não me atrevi a perguntar. Às vezes, a tristeza não deve ser incomodada.

# 4.

Um mês depois, um oficial de justiça bateu em nossa porta. Era por volta das oito da manhã. O Augusto estava na escola e eu tinha ficado em casa porque estava com um desconforto na barriga. A visita do oficial de justiça me salvou dos xingamentos da minha mãe, pois eu sabia que ela me encheria de desaforo por ter faltado à escola dizendo que, se eu não estudasse, ia terminar numa esquina qualquer rodando bolsa ou mesmo pedindo esmola.

Era um homem de camisa social, óculos grandes de aro preto. Eu me lembro bem daquele rosto porque sei que foi ali o início da nossa descida aos infernos. O homem não entrou; apenas entregou uns papéis e pediu para a minha mãe assinar. Pelo jeito que abriu o envelope, parecia que ela já sabia do que se tratava. Era uma ordem de despejo e dizia ali que teríamos quinze dias para desocupar aquele imóvel. Fernando tinha deixado de pagar o aluguel e mentira para nossa mãe, dizendo que pagava. Minha mãe esperou o homem sair, e depois se sentou no sofá como se alguém tivesse morrido novamente, olhou para mim e disse que no outro dia íamos começar a arrumar nossas coisas.

Então perguntei para onde iríamos. Ela estava irritada e disse um NÃO SEI da forma mais grosseira possível. Eu tive vontade de responder à altura, mas me contive porque não quis ser violenta com ela.

Eu ainda sentia um desconforto na barriga. Fui ao banheiro. Sentei no vaso e comecei a fazer xixi. Senti algo estranho e, quando olhei para o vaso, vi um pouco de sangue. Imaginei que era minha menstruação. Pela primeira vez vi meu sangue sair daquele jeito. Tive medo e pensei em chamar minha mãe. Mas decidi me acalmar; não era o momento de preocupá-la. Peguei o rolo de papel higiênico, enrolei um pedaço na mão e me limpei. Dei descarga e saí ainda com cólicas. Fui para o quarto e troquei de calcinha. Pensei que deveria contar para alguém. Decidi ir à casa da minha tia Odete.

Quando cheguei, ela estava varrendo o pátio. E eu disse, tia, eu menstruei. A tia Odete me fitou nos olhos e, com experiência e afeto, falou: viu como eu tinha razão, já está te tornando uma moça. Depois, abraçou-me e me levou para dentro. Tia Odete morava com o tio Jairo, que aos cinquenta e oito anos teve um derrame cerebral e ficou inválido. Minha tia Odete parou de trabalhar para cuidar dele e agora eles viviam com muita dificuldade porque tinham apenas uma pequena pensão paga pelo governo.

Minha tia me deu um absorvente e disse que eu poderia usar o banheiro dela para me trocar, mas, antes que eu entrasse, nós escutamos a voz da minha mãe gritando meu nome na frente do portão. A tia Odete disse, vai lá no banheiro, minha filha, que eu atendo a tua mãe. Obedeci, fechei a porta e me olhei no espelho. Comecei a me examinar e a procurar alguma mudança em meu corpo. Algum sinal que me permitisse identificar o momento exato em que me tornaria uma moça. Mas tudo parecia igual. Toquei meus seios, e nada tinha mudado. Eu não via a hora de encontrar minha prima Angélica e poder dizer a ela que agora eu já havia deixado de ser uma criança, que dali para a frente eu também poderia participar da vida dos adultos, sair para as festas e beijar um guri na boca. Não sei se coloquei o absorvente direito porque ninguém me mostrou como aquilo funcionava.

Quando saí do banheiro, minha mãe estava na sala à minha espera, e disse: Estela, por que veio aqui, incomodar a tua tia. Eu respondi que havia menstruado, como se aquela informação pudesse me absolver de ter saído de casa sem avisá-la. Minha mãe me olhou de cima a baixo e falou que agora é que ela ia ficar em cima de mim, porque era nessa idade que a gente costuma fazer besteira na vida, e ela não ia querer ver ninguém aparecer de barriga lá em casa.

Ao ouvir aquilo, senti mais uma pontada de cólica. Depois, minha mãe pediu desculpas para minha tia Odete pelo incômodo e agradeceu. Eu também agradeci, e ela respondeu não tem de quê, dando uma piscadinha para mim. Ao voltarmos para casa, minha mãe disse para eu ter cuidado com os guris, pois eles sentem o cheiro. Não tive certeza se minha mãe estava me comparando com uma cadela no cio ou algo parecido, não quis perguntar, mas por algum motivo aquilo me incomodou.

No entanto, quando chegamos em casa, e talvez por achar que tinha sido dura demais comigo, ela me chamou no quarto, olhou nos meus olhos e disse que agora eu havia me tornado uma moça e deveria prestar mais atenção na minha higiene. Nunca deixe papel sujo de sangue virado para cima, os homens não têm obrigação de ver sua menstruação, Estela. Outra coisa: esfregue bem a calcinha, principalmente nos fundilhos; coisa mais feia que existe é mulher com calcinha manchada.

Eu escutava com atenção.

Minha mãe não perguntou se eu estava com cólicas; parecia apenas preocupada com meu asseio. A menstruação era uma espécie de vergonha com a qual tínhamos de aprender a lidar. Nosso sangue tinha de ser educado para se esconder dos olhos dos homens. Ainda assim tive a impressão de que aquela explicação sobre minha higiene podia ser algum tipo de afeto.

Minha mãe também não me disse palavras de conforto. Não me explicou sobre como lidar com a morte todos os meses. Não me disse como teria de me acostumar com meu sangue e com a ideia de que agora eu ganhara do mundo a obrigação de um dia gerar um filho. Só algum tempo mais tarde é que fui compreender Melissa, ao me dizer que ser mulher era uma espécie de condenação. Depois fui para o meu quarto e deitei um pouco. Pensar no meu sangue me entristecia. Queríamos ser livres. Eu e o meu sangue.

# 5.

Nós nos mudamos numa segunda-feira. Lembro que a nossa vó Delfina dizia que nunca se devia mudar numa segunda-feira porque dava azar: a vida anda pra trás, ela falou uma vez. E acho que tudo que as avós nos dizem se torna verdade em algum momento. Mas ela não nos explicava o motivo dessa crença. Minha mãe não se importava com isso. Não costumava acreditar em muita coisa. Quando nossa avó era viva, ela nos levava para as casas de umbanda. Participávamos das sessões. Íamos nas mesas de Ibejis, e eu e o Augusto comíamos os doces de São Cosme e Damião. Ouvíamos o toque dos tambores, e também aprendi alguns cantos, como os de Oxóssi e Xangô. Um dia, uma mãe de santo, incorporada de Maria Padilha, me deu um passe e disse que eu era filha de Oxum, uma filha das águas, das cachoeiras e talvez seja por isso que eu goste tanto de olhar para a chuva. A Maria Padilha também disse:

Você, minha filha, tem obrigação de chorar.

Devo ter feito uma cara esquisita de quem não havia entendido, então a Maria Padilha continuou:

Vocês, filhas de Oxum, choram, porque é o pranto de vocês que conserta o mundo.

Tive vontade de dizer que não queria consertar nada, porque não queria ser triste na vida, mas apenas continuei com minha cara esquisita.

Ela também falou que um dia eu iria crescer e trabalhar num terreiro, que eu era sensitiva e que uma hora meu orixá iria tomar conta da minha cabeça.

Contei para a minha avó que eu tinha medo disso.

Medo de quê, minha filha, ela perguntou.

Medo de incorporar, vó.

A vó Delfina riu.

Não precisa se preocupar, minha filha. Quando os orixás descem, não é para fazer mal. Eles descem na terra para nos salvar.

Mas nos salvar de quê, vó.

Acho que de nós mesmos, ela disse.

Não entendo, vó.

Então esqueça isso, Estela, porque agora eu acho que pode ser também o contrário.

O contrário, perguntei.

Sim, pode ser que os orixás venham porque precisam ser salvos.

Eu era pequena e, portanto, não sabia que aquilo era filosofia.

# 6.

Fomos morar numa casa em Viamão. Era um lugar mais rural, menos habitado. A casa era simples, de madeira, com dois cômodos apenas, o banheiro ficava do lado de fora. Morávamos no mesmo terreno do seu Elisier, um senhor aposentado que alugava aquela casinha por um valor bem abaixo do mercado. Lembro que, quando dissemos aonde íamos morar, nossas tias ficaram preocupadas porque diziam que ali era um lugar perigoso e violento para se criar sozinha um filho pequeno e uma filha adolescente. Minha mãe não se importou com a preocupação delas, e até achou que era pura inveja das irmãs, porque, mesmo estando com as mãos cheias de feridas, mesmo depois da morte do Fernando, mesmo com lágrimas nos olhos, ela seguia dando conta da vida. Eu também não me importei com o que elas disseram, pois achei muito bom ter sido chamada de adolescente pelas minhas tias; certamente, isso chegaria aos ouvidos da minha prima Angélica.

No dia em que chegamos com a nossa mudança, o seu Elisier nos recebeu muito bem; era um senhor gentil e atencioso, estava viúvo havia alguns anos e agora, na aposentadoria, ganhava dinheiro pintando faixas para o comércio e para os estudantes universitários que passavam em vestibulares. Depois que nos instalamos, o Augusto me chamou e disse que aquele seu Elisier não devia tomar banho fazia uns bons dias, porque sentiu o cheiro terrível de suor vindo dele. Fiz uma cara de nojo e concordei. Não dissemos nada à nossa mãe para não aborrecê-la, mas ficamos rindo de tudo.

# 7.

Mudamos de escola no meio do ano, e aquilo era terrível. Tivemos de nos acostumar com tudo de novo: os colegas, os professores, os horários, os ônibus. Eu me chateava um pouco por não conseguir fazer muitos amigos, além de atrair poucos olhares, e demorei um tanto para entender que os meninos talvez não se aproximassem muito de mim por causa da minha cor preta e do meu cabelo crespo. Não tinha construído aquilo que mais tarde eu aprenderia a chamar de autoestima, por isso comecei a ter inveja das meninas brancas, que não tinham problemas com o cabelo delas.

Um dia, cheguei em casa e, aproveitando que minha mãe parecia estar de bem com vida, perguntei a ela como se fazia para a gente melhorar o cabelo. Minha mãe me olhou com espanto. Depois, como havia muito tempo não fazia, pôs a mão em meu rosto e disse, com uma delicadeza que desconheci: tu *cresceu*, Estela, tu *cresceu*. Ela ficou repetindo tu *cresceu* como se a repetição tornasse tudo mais real e bonito. Em seguida, me chamou para irmos até a venda do seu Luizinho comprar um Henê e dar um jeito nesse seu cabelo duro.

Seu Luizinho era o dono da venda, uma pessoa muito prestativa, que ainda nos facilitou as coisas. Disse que poderíamos colocar nossas despesas num caderninho e só nos cobraria no fim do mês. Minha mãe até se comoveu, e foi uma das poucas vezes que a vi emocionada por algo que não fosse triste. Seu Luizinho também disse que, se precisássemos de algo mais, ele e a esposa poderiam nos ajudar. E nós voltamos felizes para casa.

Minha mãe preparou o Henê, me sentou numa cadeira, no pátio. Sentir a mão dela na minha cabeça era algo parecido com a felicidade. Ela pegava meu cabelo mecha por mecha e passava com um pente o produto escuro. Naquele momento, minha mãe voltava a se lembrar de que éramos mãe e filha. Sorrimos sem exageros uma para a outra porque aceitamos ser felizes e também porque sabíamos que a felicidade nunca era uma coisa exagerada.

Dias depois, meu irmão Augusto foi contratado pelo seu Elisier para limpar o terreno com uma enxada. Acredito que o seu Elisier tenha feito isso só para nos ajudar mesmo, porque meu irmão era muito magro e não tinha muita força nos braços. Demorava alguns dias para conseguir capinar um metro daquele pátio, e logo que conseguia ir para outra parte, já tinha mato crescendo de novo onde capinara. Além disso, vi as bolhas nas mãos dele. Agora, ele e minha mãe estavam com as mãos machucadas. Pensei que eu também deveria fazer algo que machucasse as mãos. Por isso, comecei a acompanhar minha mãe em todas as faxinas. Ela deixava o Augusto capinando o pátio porque dizia que era bom para ele ficar forte e para mantê-lo ocupado fazendo coisas de homem, embora eu não entendesse na época por que limpar casas não poderia ser serviço para homens também.

Um dia, voltando cansadas depois de termos limpado duas casas grandes em Ipanema, vimos uma movimentação esquisita na nossa rua. Havia uma aglomeração de gente próxima à nossa casa. Em seguida, vimos a luz de várias sirenes de polícia. Minha mãe se preocupou no mesmo instante e disse apenas: Augusto.

Corremos na direção das pessoas. Quando nos aproximamos daquele monte de gente, vimos um corpo estirado no chão. Minha mãe não quis olhar mais de perto, com medo de que o pior tivesse acontecido, e por isso fomos direto para casa. Ao chegarmos, o Augusto estava em cima da cama, com as pernas encolhidas e cara de assustado. Minha mãe perguntou o que tinha acontecido. Augusto demorou um pouco para dizer, mas, depois que minha mãe o abraçou, meu irmão foi dizendo que mataram um cara ali na frente da casa, que ele estava na capina quando ouviu os tiros. Minha mãe o abraçou novamente e disse que não ia mais deixá-lo sozinho em casa. Depois, fomos para a rua procurar mais informações sobre o ocorrido. Soubemos pouca coisa, mas que parecia ser um acerto de contas entre bandidos.

# 8.

Um dia, minha mãe disse que íamos ao centro de Porto Alegre encontrar meu pai. Ele havia resolvido aparecer e queria me ver. Faltavam poucos meses para eu fazer catorze anos e eu já sabia dizer não para algumas coisas. No entanto, quando o pedido vinha da minha mãe, essa possibilidade parecia distante: Tu *vai* sim, ela disse, tu *vai* ver teu pai. Porque depois ele morre, como aconteceu com o pai do teu irmão, e vai ficar aí triste e arrependida pelos cantos. Eu pensei em dizer que não me interessava ter pai nenhum, porque ele nunca se importou comigo. No entanto, logo depois mudei de ideia e concordei, porque tive medo de ser condenada a sentir remorso durante a vida.

Marcamos de nos encontrar na Esquina Democrática. Estava muito quente. Coloquei o único vestido novo que eu tinha, de uma estampa florida alaranjada. Meu cabelo estava alisado com Henê, por isso rezei para não chover. No ônibus, não havia mais lugar. Eu, o Augusto e minha mãe tivemos de disputar uma posição que nos esmagasse o menos possível. Depois de uma hora e meia de viagem, chegamos ao centro. Augusto resmungou que estava com sede, e minha mãe disse que acharíamos um banheiro público para tomar um pouco da água da torneira, pois já tínhamos gastado muito dinheiro com as passagens.

Quando chegamos ao lugar marcado, meu pai ainda não havia aparecido, e então eu e o Augusto nos distraímos olhando para a loja de calçados Paquetá. Meu irmão sonhava com um daqueles tênis brancos e vermelhos parecidos com os que os jogadores de basquete dos Estados Unidos usavam. Eu olhei para as sapatilhas, mas também gostava dos tênis de corrida. O sol estava muito quente e o Augusto disse novamente que estava com sede. Eu também estava. Mas não disse nada para não ser a segunda preocupação da minha mãe. Ela pediu para o Augusto esperar mais um pouco. E nós esperamos por uma hora.

Meu pai não apareceu. Minha mãe ficou tão furiosa que, quando se deu conta disso, nos puxou pela mão com tremenda força que quase arrancou nossos braços fora. Ela nos levou até uma banca de revistas, juntou as poucas moedas que tinha na bolsa e comprou fichas telefônicas. Enquanto discava o número, batendo nas teclas com determinação, ela balbuciava entre os dentes: o que ele está pensando, não vai fazer ninguém de trouxa, onde já se viu uma coisa dessas.

Minha mãe tentou ligar mais algumas vezes, mas não teve sucesso. Íamos voltar para casa, desolados, mas o Augusto disse que já não aguentava mais de tanta sede, e então minha mãe nos olhou com certa tristeza e deve ter achado muito desaforo termos de tomar água num banheiro público. E foi por isso que ela resolveu nos levar num bar. O sol forte e nosso suor pareciam aumentar a sede.

Minha mãe entrou no bar e pediu um copo de água. O atendente nos olhou com uma cara feia, foi até o fundo do balcão e nos trouxe um copo de água quente da torneira. Minha mãe ficou olhando aquele copo engordurado, depois olhou para o homem e perguntou se ele podia trazer água gelada.

O homem fingiu que não escutou, mas minha mãe insistiu:

Ei, o senhor poderia trazer um copo de água gelada, por favor.

O atendente deve ter achado que aquilo era um abuso e, para tentar encerrar o assunto, ele disse que se quiséssemos água gelada tínhamos de pagar.

Nós estávamos todos com sede. Mesmo assim, minha mãe nos proibiu de tomar aquela água. Saímos do bar, porque nós não íamos passar por uma humilhação daquelas.

Mas acontece que, no meio do caminho, ela parou e olhou para trás, como se tivesse esquecido algo, e disse: vamos voltar.

Tive a impressão de que nossa mãe estava tentando nos ensinar alguma coisa sobre dignidade, porque assim que chegamos ao mesmo bar ela mandou chamar o gerente, dono ou qualquer outro que mandasse naquela birosca, como ela mesma falou. O homem que havia nos atendido disse que o gerente não estava, minha mãe decidiu que ia esperar ele chegar. E foi nesse momento que o atendente, por medo ou por falta de paciência, resolveu nos trazer três copos bem gelados de água. Sentamos numa das mesas e tomamos aquela água com calma, como se aquilo fosse um restaurante caro. Como se estivéssemos num banquete. Menos o Augusto, que tomou com tanta pressa que chegou a se engasgar. Augusto colocou o copo em cima de mesa e tossiu. Era uma tosse feliz.

# 9.

Semanas depois, minha mãe tinha recebido um dinheiro extra de umas das faxinas. Foi a vez em que ela comprou três chuletas e fritou uma por uma, numa espiriteira movida a álcool, já que em casa não havia fogão. O Augusto sempre passava por perto e perguntava se já estava pronto, porque aquele cheiro de carne frita nos deixava bêbados de fome.

Depois da janta, como não tínhamos TV, escutávamos a rádio Caiçara, que tocava músicas românticas e sertanejas. O Augusto era sempre o primeiro a dormir. Eu ia para a janela olhar para o céu; dava para ouvir o barulho dos grilos e o silêncio daquela rua. O sossego me agradava profundamente. Olhei para a minha mãe: ela até parecia melhor, e acho que a morte do Fernando já não a incomodava tanto. Ela estava de camisola, e eu nunca tinha visto minha mãe tão bonita como naquela noite. A silhueta na penumbra e os cabelos crespos soltos dela me fizeram pensar que, quando ficasse mais velha, ia querer ser igual a ela. Depois, observando nossa pequena família, cheguei a imaginar que a humanidade se resumia a nós três. E era bom pensar daquela forma.

Eu gostava de dormir para poder sonhar. Nem sempre eu sonhava, mas sabia que, quando fechava os olhos, um mundo se apagava e a possibilidade de outro se abria. Às vezes, ao despertar, eu lamentava ter de regressar à realidade. Alguns sonhos são mais honestos que a vida. Naquela noite, sonhei com minha mãe. Ela estava sentada numa cadeira de balanço, grávida de mim. Conversamos uma de frente para a outra. Ela alisava a própria barriga e dizia que a felicidade era um casulo. E eu disse:

Mãe, deixa eu voltar para dentro de ti.

Minha mãe fez uma expressão de dor e tristeza e respondeu:

Não pode mais voltar, Estela.

Ao dizer aquilo, uma sombra tomou conta do seu rosto, como se algo estivesse se aproximando.

Despertei assustada do sonho às três da manhã, com o estampido de um tiro. Quando abri os olhos, minha mãe estava sentada na cama, olhando com seriedade para a porta. Ela disse: volta a dormir, Estela. Desobedeci; só fechei os olhos e continuei atenta aos barulhos da rua. Escutávamos ainda o som dos grilos, porém sabíamos que algo estava errado. Em seguida, ouvimos mais um tiro. Agora, parecia mais perto. Minha mãe se levantou da cama e caminhou até a porta.

Depois do último estampido, houve mais um instante de silêncio. Minha mãe permaneceu em pé, ao lado da porta. Esperou mais pouco e voltou a se deitar na cama. No entanto, atraída pelo barulho de passos vindo do quintal, ela se levantou novamente. Olhou para mim, colocou o dedo indicador nos lábios e me pediu silêncio. O Augusto dormia profundamente. Ouvíamos aqueles passos chegando devagar e se aproximando cada vez mais da nossa casa.

Quando bateram à porta, minha mãe esperou um pouco e perguntou, em voz alta, quem era. Não houve resposta. Com agilidade, acendeu a luz da sala e pegou um cabo de vassoura, porque foi a primeira coisa que viu pela frente. Em seguida, vieram mais três batidas, desta vez com mais força, e minha mãe voltou a perguntar quem era. Foi então que ouvimos uma voz masculina, estranha e assustadora, dizendo para abrir. Minha mãe respondeu que não iria abrir coisa nenhuma. Veio um tom mais agressivo falando que, se não abrisse, ele ia arrombar tudo e meter bala nela.

Por mais incrível que pareça, eu não estava assustada até ali. O Augusto tinha se mexido, mas continuava dormindo. Então me abracei nele. Minha mãe não abriu e por isso começaram a forçar mais a porta, até que conseguiram arrombá-la.

Eram dois homens. Estavam encapuzados. Apenas um deles falava. Dizia coisas absurdas à minha mãe. Xingava-a das piores coisas. Ela gritou pedindo socorro, e o homem deu um tapa nela e a mandou calar a boca.

A gente continuava na cama. Augusto ainda dormia. Um dos homens segurou minha mãe e a jogou no chão. Ao cair, ela bateu a cabeça na quina do balcão da pia. Mas eles não se importaram com isso. O outro homem ficou na porta olhando para fora e dizendo, anda logo porra, anda, acaba com isso. Nesse momento, o Augusto acordou e eu coloquei a mão em sua boca para ele não gritar. O homem subiu em cima da minha mãe enquanto um fiozinho de sangue saía da cabeça dela. Minha mãe chorava de dor porque rapidamente o homem já estava dentro dela e imaginei que aquilo estava doendo. Então, eu fechei meus olhos e chamei por Deus.

Mas Deus não veio.

Por um descuido, Augusto tirou minha mão e chamou por nossa mãe. Nesse momento, o homem que estava na porta olhou para o nosso cômodo. Rapidamente veio em nossa direção e acendeu a luz. Depois, o homem deu um tapa no rosto do Augusto. Em seguida, me tirou da cama pelo braço e me jogou no chão. Comecei a gritar. Ele pôs a mão na minha boca e começou a arrancar minha roupa. Olhei para os braços peludos dele e aquilo me causava mais asco. Eu ouvia o choro do Augusto.

Ao meu lado, vi o homem ainda em cima da minha mãe. E mesmo sentindo dor, ela pedia por favor para me deixar em paz, que eu era só uma menina. Mas o homem não se importou. Fingia que ela nem existia. E quando ele estava terminando de tirar minha roupa, todos nós ouvimos um barulho do lado de fora da casa. Ficaram em silêncio. Os homens se assustaram com alguma coisa. Logo em seguida, eles se levantaram e nos mandaram para o quarto. Disseram que se gritássemos eles nos matariam.

E foram embora.

Instantes depois, minha mãe correu para fechar a porta, foi até a gaveta e pegou uma faca. Ela não teve coragem de nos pedir para irmos para a cama. Minha mãe ficou quieta, não conseguia falar depois de tudo. Todos nós ficamos calados. Qualquer palavra poderia nos doer. O Augusto ficou ao lado dela, mas nem ousou pedir algum tipo de carinho ou atenção.

# 10.

Vimos o dia amanhecer. Mesmo assim, não resisti e peguei no sono por alguns minutos. Quando acordei, minha mãe continuava sentada no chão, em silêncio, com as costas voltadas para a porta, ainda segurando a faca. Tinha o olhar perdido na direção do chão e o rosto sujo de sangue. Eu e o Augusto estávamos com medo de que ela nunca mais voltasse a si. Mas depois de uma hora ela se levantou e começou a recolher nossas roupas, toalhas e calçados. Nós nem nos atrevemos a perguntar por que ela estava fazendo aquilo e começamos por conta própria a fazer o mesmo. Pegamos sacolas e as poucas caixas de papelão que tínhamos e colocamos tudo o que pudemos nelas.

Nós três estávamos cansados e com fome, mas ninguém reclamava de nada. Seguimos com a arrumação. Na metade da manhã, minha mãe abriu a porta e fomos colocando tudo para o lado de fora. Alguns vizinhos passavam e nos olhavam. Vimos quando seu Elisier se aproximou e foi perguntando o que havia acontecido. Minha mãe conteve todo o asco que ela carregava de ter que explicar o ocorrido. Sem contar pormenores, ela disse apenas que a casa tinha sido invadida e que nós estávamos indo embora daquele lugar. Seu Elisier tentou argumentar e pediu mais detalhes, mas minha mãe se recusava; queria sair dali o mais depressa possível. Ela falou que não tinha o dinheiro do aluguel, mas que voltaria em breve para acertar as contas.

Depois ela nos pegou pela mão e fomos à venda do seu Luizinho para ver se ele conhecia algum carroceiro que pudesse levar a nossa mudança. Quando chegamos, a mulher dele veio nos atender, e minha mãe perguntou se podia falar com o marido dela. A dona Eunice respondeu que o seu Luizinho tivera um problema de saúde e estava de cama, mas que ela podia ajudar. A dona Eunice nos deu o endereço do carroceiro, e disse que ele morava perto. Perguntou se tinha acontecido alguma coisa. Minha mãe respondeu que estava tudo certo e fomos embora para sempre daquele lugar.

# 11.

Fomos morar na Cohab, no bairro Cavalhada. Era um conjunto habitacional cujos prédios eram todos iguais. Começamos a morar de favor na casa da Conceição, uma amiga de infância da nossa mãe. Tivemos de dividir um apartamento de quarto e sala com ela e os três filhos. Juro que a primeira coisa que me perguntei foi onde é que iríamos dormir naquele lugar tão pequeno. Conceição não tinha marido, dizia que homem só servia mesmo para incomodar. Eu gostava da Conceição por ser uma pessoa bondosa e sorridente. Ela tinha os dentes muito brancos, que contrastavam com a pele negra dela.

Nós não fizemos nenhum pacto de silêncio sobre o que tinha ocorrido com a gente naquela casa em Viamão, mas o fato é que não dissemos nada a ninguém. É como se quiséssemos esquecer aquela noite enterrando tudo dentro de nós, o mais fundo que pudéssemos. Nem para Conceição, que era uma grande amiga, minha mãe contou; dissemos apenas que fomos assaltados e que levaram nosso dinheiro e nossa comida. Acho que aquilo de escondermos a violência dentro de nós era porque sentíamos vergonha.

A Conceição improvisou uma cama no meio da sala para nós três, feita de cobertores e lençóis. Não preciso dizer que a cama ficou dura para dormir e foi horrível ter que levantar no outro dia com dor nas costas. No entanto, ficamos um pouco felizes, mesmo que a Conceição, o Fabio, o Vitor e a Simone, a filha mais velha, tivessem de passar por cima da gente toda vez que tinham de ir ao banheiro ou à cozinha. Nós nos sentíamos seguros.

À noite, tive um pesadelo: sonhei que estava nua e pessoas me apontavam, algumas me xingavam, dizendo que eu tinha um navio naufragado dentro do peito. Então eu perguntei como se fazia para resgatar o navio naufragado. Um homem se aproximou e disse que prostitutas não podiam entrar no mar. Comecei a chorar. Verti tanta água que meu pranto começou a inundar aquele espaço. Contrariando o homem, mergulhei em busca do navio naufragado. Acordei sem ar, como se tivesse morrido.

Íamos ficar apenas alguns dias até nossa mãe arrumar outro lugar só nosso, mas a doença nas mãos dela começou a se espalhar pelos braços, e ela ainda não tinha conseguido ir ao médico novamente. Sempre que procurava emprego, as pessoas a olhavam com pena, porque, além das mãos, minha mãe não aparentava estar bem como um todo. Os olhos pareciam desistidos; olheiras marcavam o rosto magro. Tive a ideia de eu e o Augusto trabalharmos sempre junto com ela. As madames não se incomodavam com isso, até nos parabenizavam e diziam que nós éramos boas crianças por ajudar nossa mãe.

# 12.

Logo nos acostumamos a ficar no meio da sala da Conceição e a acompanhar nossa mãe nas faxinas. Aos poucos tivemos a sensação de que as coisas começavam a entrar numa rotina. Um dia, contudo, quando chegamos da rua, demos de cara com meu pai sentado no meio da sala. Eu, minha mãe e o Augusto ficamos estáticos, olhando aquele homem quase estranho dizendo: oi, filha. Minha mãe perguntou: Anselmo, o que tu *está* fazendo aqui. Como tu nos *achou*. Sem responder, ele me deu um abraço e em seguida me mostrou um pacote, desejando feliz aniversário. Minha mãe, sem paciência, disse, mas tu não *presta* pra nada mesmo, hein, Anselmo. Não te lembra nem do dia do aniversário da tua filha; errou um mês. Entretanto, meu pai pareceu não se importar com aquela informação e disse: abre, minha filha, abre o presente.

Abri o pacote com certa facilidade e dentro havia uma mola maluca cor-de-rosa. Eu disse o "que legal" mais desanimado de toda a minha existência. Talvez ele nem desconfiasse de que eu estava prestes a fazer catorze anos e não me interessava mais por molas malucas. Meu pai falou que queria dar uma volta comigo. Mas minha mãe disse que não é assim, não, aparecer sem mais nem menos e levar a guria para passear. Fica meses sem dar as caras e agora quer passear com ela, era só o que me faltava. Mas meu pai novamente não levou em consideração nada do que ela disse.

Enquanto discutiam sobre eu ir ou não, fiquei observando meu pai e, sinceramente, ele não me parecia uma pessoa ruim. A violência dele era a de ser omisso, era nunca estar presente quando deveria estar. Antes que aquilo virasse um bate-boca sem tamanho, eu disse: deixa, mãe, eu vou com ele. Meu pai olhou para o Augusto perguntando se queria ir junto, e meu irmão fez um olhar dizendo que não.

Fomos eu e meu pai fazer o passeio.

Pegamos um ônibus, e ele me perguntou como eu estava na escola. Não quis dizer que não estava estudando, porque ia todos os dias fazer faxina com minha mãe, pois não sei se o senhor percebeu, mas ela está com uma doença nas mãos, nos braços e agora na barriga, e não consegue lidar com todos aqueles produtos sozinha. Preferi dizer apenas que minhas notas estavam boas. Ele sorriu, querendo demonstrar orgulho, e me perguntou se eu queria ir ao aeroporto. Eu disse: fazer o que no aeroporto. Ele não respondeu, talvez porque eu tenha parecido ser rude com ele. Mesmo assim, fomos até o aeroporto.

Ao chegarmos, sentamos num banco, no meio do saguão do Salgado Filho. Ficamos olhando os aviões aterrissando e partindo. Meu pai perguntou se eu queria um sorvete, e eu disse que sim, porque era melhor que ficar ali em silêncio, como duas estátuas, sem nada para dizer um ao outro. Fomos ao McDonald's. Ele perguntou que sabor eu queria; escolhi o de baunilha. Meu pai abriu a carteira e contou as moedas, começou a contá-las repetidas vezes e com certa impaciência. Pela cara dele, percebi que não tinha dinheiro o suficiente, e quando eu ia dizer, deixa, pai, não quero mais, ele encontrou, no fundo de um dos bolsos, outras moedas e pagou o sorvete.

Sentamos novamente no banco. Enquanto eu comia, ele comentou que nunca tinha andado de avião e eu resmunguei que também não. Depois, quando terminei meu sorvete, olhei bem para ele e percebi a sua velhice. Ao mesmo tempo, tomei coragem para perguntar: pai, por que o senhor veio.

Ele não me olhou e preferiu continuar observando os aviões. Depois de algum tempo, respondeu: é que me sinto só.

E a tua outra família, onde está, perguntei.

Eu me separei de novo, filha. Estou desempregado e não ando com muita vontade de viver, ele disse, como se eu fosse um padre ouvindo uma confissão. Meu pai estava à beira de um abismo e queria segurar minha mão para não cair. Tive de domar meus braços e meu afeto, porque se era compaixão que ele esperava de mim, eu não podia dar. Eu me doí ao lembrar a noite que eu, minha mãe e o Augusto passamos em Viamão. Tive vontade de gritar, onde tu estava naquele momento. Queria berrar para que ele levasse consigo meu grito, minha mágoa e, assim, entendesse de uma vez o que restara da minha dignidade. Mas me contive e falei apenas, vamos embora, pai.

Ele me olhou e sei que teve vontade de chorar. Agradeci a Deus por ele não ter chorado, pois juro que não saberia como agir. Devia haver uma lei universal que impedisse os pais de chorar na frente dos filhos. Isso nada tem a ver com o fato de sermos jovens, porque tenho a impressão de que, mesmo que fosse mais velha, mesmo se já tivesse mais de trinta anos, ainda assim eu não gostaria de ver meu pai chorar.

Pegamos o ônibus de volta e, no meio da viagem, ele me perguntou se havia gostado do presente, e eu disse que sim. Ele perguntou: e por que tu não *trouxe*, filha. Respondi: esqueci, pai.

Ele sorriu. Meu pai não subiu para falar com minha mãe. Ele me levou até a portaria e disse que voltaria no dia do meu aniversário e que era para eu pedir um presente que ele me daria. Eu disse que ia pensar, que depois falaria. Em seguida, ele me abraçou e disse: fique com Deus, filha. Apenas balancei a cabeça positivamente e ele foi embora. Enquanto se afastava, pedi em segredo para uma estrela solitária que vi piscando no céu que meu pai não voltasse mais.

# 13.

Os dias, semanas e meses se passaram e fomos nos acostumando a ficar na casa da Conceição. Acontece que, além de termos de morar junto com tanta gente, comecei a ter problemas com o Augusto e o Fábio, um dos filhos da Conceição. Os dois resolveram se juntar contra mim para me chatear. Nunca tinha visto uma coisa mais imbecil do que meninos de dez e onze anos se juntarem contra uma menina de treze. Em pouco tempo, meu irmão se tornou um babaquinha de marca maior e começou a copiar o Fábio em tudo. Então passei a chamá-lo de copião e de sem personalidade; ele respondia me chamando de nega do cabelo duro e logo começava a cantar a música do Luiz Caldas, dançando ridiculamente.

Mas o pior era quando pegavam no meu pé por eu ter medo de barata. Eu ameaçava bater neles ou contar para a minha mãe, mas só ficava na ameaça, pois ela não tinha tempo nem saúde para ficar ouvindo minhas reclamações.

Um dia eu estava no banheiro, e ir ao banheiro não era uma tarefa fácil naquela casa, porque sempre estava ocupado ou tinha alguém batendo na porta, e acho que foi nesse tempo que comecei a desenvolver prisão de ventre, que foi uma das coisas mais angustiantes que tive na adolescência e que carrego até hoje, enfim, já estava terminando quando vi uma barata entrar por baixo da porta. Não consegui me segurar e dei um grito. Em seguida, outra barata e outra e mais outra, e de repente aquilo era um exército interminável de baratas.

Abri a porta seminua e vi meu irmão e o Fábio rindo de mim porque tinham sido eles que as colocaram lá dentro. O Vitor e a Simone me viram sair do banheiro e também riram. Depois, fui para o quarto e comecei a chorar.

Esperei a Conceição chegar em casa e contei tudo para ela. Mas a Conceição era mole demais e disse apenas que aquilo era coisa de guri, que era só uma brincadeira. Só uma brincadeira. Só uma brincadeira. Eu fiquei repetindo aquela frase a noite toda.

Acontece que eu levei a história da barata a sério, porque para mim não tinha sido só uma brincadeira. E foi aí que decidi promover uma pequena vingança. Numa noite, quando a Conceição tinha saído com a minha mãe, chamei os meninos na cozinha e fiz Nescau para eles. Esperei pacientemente que tomassem tudo e depois fiz pão com queijo e manteiga e ofereci também. Aquilo parecia uma trégua. Os meninos comiam e sorriam para mim e deviam estar achando que eu era a pessoa mais idiota da história da humanidade.

Quando vi que estavam de barriga cheia, coloquei meu plano em prática. Tirei uma caixinha de fósforo do bolso e de dentro dela puxei pela antena uma barata gorda e cascuda, daquelas que parecem voadoras. Dominei meu nojo, controlei meu estômago e a aproximei dos meninos, que pareciam não acreditar que eu segurava aquele inseto cujas patinhas ainda se moviam. Depois desse breve passeio ao redor dos seus rostos, eu me sentei à mesa entre os dois. Aproximei o bicho da minha face, contemplei sua forma, cada detalhe e, depois, quando me certifiquei de que os meninos estavam bastante enojados, fingi que iria pô-la na boca. Neste momento, os meninos saíram da mesa com pressa e o Fábio disse para o meu irmão que ele tinha uma irmã louca.

Quando fiquei sozinha, joguei a barata no chão. Ela correu cambaleante para debaixo da pia. Sei que isso pode parecer idiota, mas tive pena daquela barata. Tive pena porque eu a machuquei para me vingar. E por algum motivo pensei que Deus também age assim quando quer se vingar de alguém: machuca as pessoas como se fossem baratas. Depois, fui ao banheiro e chorei um pouco.

# 14.

As coisas na casa da Conceição começaram a ficar ruins para nós quando ela conheceu o Betão. Uma noite, estávamos todos dormindo quando a Conceição entrou em casa um pouco bêbada e acompanhada. Os dois caminharam no escuro entre a gente, rindo e pisando em nossas canelas, e a Conceição dizia: cuidado, Betão, cuidado. Os dois entraram no quarto e a Conceição mandou todos os três filhos saírem de lá.

Mas o Vitor, o filho do meio, resmungou que não ia sair. No entanto, acabou cedendo, e a Simone disse que ia embora da merda daquela casa, que já não aguentava mais ter que morar com um monte de gente amontoada e que aquilo não era vida. E ficamos nós todos naquele espaço exíguo, enquanto a Conceição foi para o quarto se divertir com o Betão. Ninguém dormiu direito por falta de espaço; uns ficaram pelas cadeiras mesmo. Eu fui até a janela que dava de cara para a parede de outro prédio, mas estiquei o pescoço e ainda consegui ver um pouco de céu e de estrela. E um pedacinho de céu entre os prédios sempre ajuda a suportar a vida mais um pouquinho.

Como não tinha muita coisa para fazer, comecei a reparar um pouco no Vitor. Vi que ele era mais quieto. Falava pouco, gostava de video games e fiquei pensando se ele já tinha beijado alguma vez, mas em seguida me senti uma idiota por ter pensado aquilo de um guri de dezesseis anos. Depois, passei a observar a Simone; ela tinha dezenove e namorava em casa. Em alguns meses naquele conjunto habitacional, reparei que namorar em casa era uma espécie de atestado das chamadas moças de família. A Simone era uma boa moça de família e, por isso, ninguém dizia nada quando os dois iam para o quarto, sozinhos, assistir a filmes.

Em certo momento, olhei para a minha mãe e logo percebi que ela estava preocupada com nosso futuro. Recostada na cama improvisada no chão, ela sustentava um olhar vago, mas eu sabia que ela estava atrás de uma saída, pois essa passou a ser nossa condição: suportar e encontrar saídas. Eu e o Augusto sabíamos que nossa vida ali naquele apartamento não iria durar por muito tempo.

Quando o dia amanheceu, a Simone precisava entrar no quarto para pegar uma roupa, mas a Conceição não abriu. A porta do quarto estava trancada, então ela insistiu, batendo com mais força. Minha mãe, que parecia bastante calma naquele dia, disse: Simone, deixa comigo. Então foi bater na porta chamando o nome da Conceição. Na segunda batida, a porta se abriu e a Conceição apareceu, ainda bêbada de sono, perguntando o que era. A Simone falou que precisava pegar as coisas dela no guarda-roupa, ela disse. A Conceição disse espera um pouco e mandou o Betão se vestir, pegar as coisas dele e ir embora.

Assim que o Betão saiu do apartamento, começou um bate-boca entre a Simone e a Conceição. Creio que foi naquele momento que minha mãe percebeu que era hora de partir. Vimos a Conceição bater no peito e dizer que ela também tinha o direito de amar, porque era uma mulher de cinquenta e cinco anos e tinha sim o direto de ter o macho que quisesse, que gastou a vida, a beleza, a juventude e a saúde dela trabalhando para não deixar nenhum dos três filhos passar fome. Mas a Simone não deixou por menos e respondeu, colocando o dedo no rosto da mãe, que ela não tinha mesmo vergonha na cara; uma mulher naquela idade falando em amor como se fosse uma menina imbecil de treze anos.

Não vou aqui julgar quem estava certa ou não, porque nunca soube que o amor podia envelhecer, nem dizer também que me senti bastante ofendida ao ser chamada de imbecil por tabela. Primeiro, porque ainda não tinha tido tempo para amar alguém, e talvez isso demorasse um pouco; e, segundo, porque eu não me achava mais uma menina. Enquanto elas batiam boca, minha mãe foi arrumando nossas coisas porque íamos limpar uma casa na zona sul.

# 15.

Na primeira vez que entrei na casa do seu Rodrigues, fiquei deslumbrada com o tamanho. A sala principal era grande, e cabiam quatro sofás muito confortáveis, cobertos por almofadas de uma cor que eu não sabia definir, mas que me lembrava caramelo. Todas eram bordadas com figuras que pareciam indianas. No centro da sala havia uma mesinha de madeira grossa e, em cima dela, uma tampa de vidro esverdeada cuja cor lembrava o mar. A televisão era grande, e ao redor dela havia um videocassete de quatro cabeças e muitas fitas de filme.

Na varanda, havia uma rede estampada e convidativa. No chão, vasos com algumas plantas e flores. Na parte de cima ficavam os quartos. Eram três. Um era onde seu Rodrigues dormia, o segundo era o quarto de hóspedes, mas que também servia para colocar coisas que, teoricamente, iriam para o lixo. Tinha uma esteira de corrida, um guarda-sol e outras coisas que não consegui identificar. O terceiro quarto era o escritório, onde havia papéis e uma estante com muitos livros. Pensei, para que uma pessoa precisaria de tantos livros, e também me deu uma vontade de perguntar ao seu Rodrigues se ele havia lido tudo aquilo.

Seu Rodrigues era arquiteto e morava sozinho naquela casa. Um dia, minha mãe disse que ele era *viado*, meu irmão ficou rindo disso e, sinceramente, não sei onde eu estava com a cabeça quando achei que meu irmão era filósofo. Minha mãe o repreendeu dizendo que isso de ser homossexual não era nada de mais, embora ela morresse de medo de que o Augusto virasse um.

Eu gostava de ir lá, principalmente porque ele raramente estava em casa e isso nos dava certa liberdade. Mesmo quando nossa mãe nos ameaçava com a história da Febem, nós abríamos a geladeira, e eu e o Augusto pegávamos um pouco de cada coisa para que ele não desse falta.

Um dia, quando pegávamos um pedaço de pudim de leite e comíamos sem que nossa mãe visse, o seu Rodrigues chegou em casa mais cedo do que deveria. Eu fui pega com a boca cheia, e o Augusto, com o queixo sujo com a calda de caramelo. Seu Rodrigues era um homem misterioso, e creio que até ali ele nunca havia falado com a gente. Ficou parado na porta e, depois, sem que disséssemos nada, chamou minha mãe.

Eu e o Augusto nos olhamos. Se ela perdesse o emprego, carregaríamos a culpa para o resto da nossa existência, além de tomarmos uma surra. Tentamos levantar, mas seu Rodrigues mandou que permanecêssemos na mesa. Obedecemos. Quando nossa mãe chegou na cozinha, estávamos com uma cara de enterro. Ela já ia começar a nos xingar, mas o seu Rodrigues disse que tudo bem, e pediu para minha mãe sentar na mesa com a gente porque ele ia fazer um lanche e nos servir. Neste momento, minha mãe ficou morrendo de vergonha e disse, que é isso, seu Rodrigues, pelo amor de Deus, isso é até falta de respeito com o senhor.

Ele respondeu que falta de respeito é ficar com fome. E piscou para mim e para o Augusto, e nós sorrimos.

Depois de comermos o que tinha de melhor naquela geladeira, seu Rodrigues pediu que nossa mãe levasse uma sacola de comida, além de pagar o salário dela. Fomos embora muito agradecidos por tudo. Dentro do ônibus, inventei de perguntar como seu Rodrigues conseguia ser tão rico. Minha mãe respondeu que, por ser arquiteto, fazia prédios e que isso dava muito dinheiro. Pensei mais um pouco e disse à minha mãe que queria voltar a estudar para ser filósofa. Foi então que o Augusto teve mais um acesso de babaquice e disse que nunca ouviu falar de uma filósofa preta. Minha mãe, sem muita paciência, desferiu um tapa tão forte nos beiços do meu irmão que o estalo fez todo mundo no ônibus se virar para trás.

O Augusto encheu os olhos d'água. Não tive pena dele, e confesso que até senti certo prazer ao vê-lo daquele jeito. Depois, ignoramos o Augusto e minha mãe disse que tinha planos para nós e que em breve voltaríamos a estudar. Achei que as coisas começavam a entrar nos eixos. Abracei-a. Quase chorei, mas não o fiz; não daria esse gostinho ao meu irmão. Em seguida, olhei pela janela e bem nessa hora passávamos na frente de uma universidade. Por algum motivo achei que um dia eu estudaria ali. Perguntei para minha mãe que faculdade era aquela e ela disse que achava que era a PUCRS, mas não tinha certeza. Eu disse que um dia eu ia estudar naqueles prédios. Minha mãe me olhou com afeto e, embora eu desejasse, não chegamos a nos abraçar.

# 16.

Quando descobri que minha prima Angélica estava esperando um filho, tive vontade de encontrá-la e saber como era aquilo de estar grávida aos dezesseis anos. Em função disso, passei semanas ouvindo minha mãe dizendo, tá vendo, Estela, tá vendo o que dá não fechar as pernas. Hoje em dia está tudo perdido mesmo, as gurias não se dão mais o devido respeito. No meu tempo não era assim tão fácil. A gente namorava só de pegar na mão.

Num domingo, fomos à casa da tia Odete. Era dia de churrasco. Quando chegamos, a Angélica estava sentada, vendo TV, alisando a própria barriga. Cumprimentei minhas tias, meus tios e meus primos, depois fui até onde Angélica estava e sentei do lado dela. Na televisão passava o "Domingão do Faustão", e ela me olhou e disse que queria pintar o cabelo da cor do daquela bailarina ali. Eu olhei para a TV e disse que achava bonito. Em seguida, ela me olhou e perguntou se eu queria pôr a mão na barriga dela.

Quer ver como ela mexe, perguntou.

Eu achei muito delicado da parte dela, nem de perto ela parecia aquela menina arrogante que eu conhecera. Coloquei minha mão em sua barriga, enquanto ela me orientava com a própria mão para que eu pudesse sentir o bebê. Depois, levantou-se e me chamou no quarto para que eu visse o enxoval. Ao chegarmos, perguntei qual era o nome da criança, e ela respondeu que seria Mariah Carey da Silva. Quis perguntar do pai, mas minha mãe já tinha me alertado que o rapaz sumira no mundo depois que descobriu que a Angélica ia ter um filho.

Minha prima me mostrou o carrinho, o berço, as fraldas, as chupetas, as mamadeiras, mas aquilo começou a me dar uma tristeza muito grande, e eu não sabia explicar por quê. Angélica continuou me mostrando as roupinhas da Mariah Carey: os brinquedos, os chocalhos, os sapatinhos. Por um momento, cheguei a pensar que estávamos nos tornando mais amigas, quase irmãs, mesmo que aquela situação me parecesse um tanto triste. Então, depois de haver exibido todo o enxoval, Angélica olhou para mim da cabeça aos pés e disse que me daria um conselho: para não desistir de ter meu próprio bebê, porque ser feia e magra como eu não seria motivo para ninguém me querer. Que o amor às vezes é cego, e por isso eu teria sorte.

Depois de falar aquilo, ela disse, vamos pra sala, acho que a comida tá pronta.

Fiquei sem reação. Depois de alguns segundos, saímos do quarto. Disfarçadamente, entrei no banheiro com os olhos cheios d'água. Tranquei a porta e me olhei no espelho. Chorei mais um pouco e me perguntei por que eu era tão feia; por que meu cabelo era daquele jeito; por que eu era preta. E juro que, se pudesse, teria quebrado aquele espelho, teria sido violenta com aquela imagem que eu detestava, mas, em vez disso, preferi apenas morder meu lábio inferior até que ele sangrasse um pouco. Mordi até sentir o gosto metálico do sangue. Voltei para a sala e, quando o churrasco foi servido, senti o sal grosso agindo na minha ferida recente. Engoli o choro e a dor. Decidi que era assim que eu iria lidar com o sofrimento dali para a frente — não se empurra nenhuma mágoa para debaixo do tapete, me disse Melissa certa vez. E ela tinha razão.

# 17.

Minha mãe inventou uma saída para nossa condição: escreveu uma carta para minha madrinha Jurema, que morava no Rio de Janeiro. Lembro de tê-la visto poucas vezes na vida. Só sei que, numa noite, minha mãe ficou na cozinha da Conceição, escrevendo. Passou um bom tempo debruçada em cima do papel, olhando para as paredes, como se buscasse as melhores palavras. Minha mãe era mais bonita quando estava pensando. E talvez as ideias tivessem esse poder: nos aproximar da beleza. Quando terminou, ela dobrou a carta, colocou-a num envelope e guardou dentro da bolsa.

Minha curiosidade foi grande, porque eu me preocupava demais com nosso futuro. Esperei que todos fossem dormir e fui atrás da carta. Abri com lentidão o envelope para não fazer barulho, fui para o banheiro e acendi a luz:

Jurema, minha amiga.

Como está. Espero que esteja tudo bem. Mande notícias do Ricardo. Sinto saudades do meu afilhado.

Escrevo a você porque meu fardo está pesado. Tenho passado muitas noites acordada. Não consigo trabalhar direito e tenho medo de que meus filhos deem mais trabalho. Há meses estamos morando de favor na casa da Conceição. Sinto falta do Fernando ainda. Ele não era um marido exemplar, sei das outras que ele tinha na rua. Mas, pelo menos, Jurema, ele me ajudava com as despesas, com as contas. Tenho medo de que o Augusto sinta falta do pai e vire um adolescente revoltado e comece a se drogar. Eu cuido deles, mas estou com medo de a minha saúde piorar. Tenho consulta marcada para daqui a dois meses, mas, Jurema, sinto que essa doença é mais grave. Estou com o corpo todo cheio de feridas. A Estela e o Augusto têm me ajudado a limpar as casas, mas não acho isso certo. Eles precisam estudar, precisam de uma casa decente. Por isso estou te pedindo que, por favor, receba meus filhos, Jurema, peço que tu me ajude nessa hora. Cuide deles até o fim do ano aí no Rio. Depois, vou buscá-los. Te dou minha palavra. Eles não podem mais ficar aqui. Às vezes, tenho a impressão de que o Sul nos matará.

Peço por Jesus, porque sei que acreditas na palavra do Senhor, que me faça essa caridade de aceitar meus filhos em tua casa. Faço isso porque já não posso mais, Jurema. Sinto que estou perdendo minhas forças a cada dia que passa. Às vezes, olho para minhas mãos e para meus filhos e tenho vontade de nos envenenar e deixar este mundo. Enquanto escrevo esta carta, estou dominando a dor que sinto nas mãos e nos braços. Estamos sofrendo e tenho evitado chorar para não enfraquecer meus filhos. Por isso, Jurema, em nome da nossa amizade, eu te peço que receba os meus filhos.

Irene

Ao terminar de ler, fiquei um tempo sem saber o que pensar. Guardei a carta de volta na bolsa da minha mãe e fui deitar ao lado dela. Depois, olhei para aquele rosto, para aqueles olhos serenos. Nunca podia imaginar que por trás deles havia uma mãe que pretendia se livrar dos filhos porque já não estava dando conta da vida. Naquela noite, chorei um pouco. Pensei na possibilidade de morrer porque a morte é simples, como me ensinou a vó Delfina certa vez. Apagar o mundo dos nossos olhos poderia ser fácil. A morte pode ser melhor que a vida, pensei.

Durante dias, fingi não saber de nada. Então, semanas depois, a carta da madrinha Jurema chegou, e eu fitei o rosto da minha mãe ao lê-la. Não soube, no início, distinguir se era algo bom ou ruim, mas logo, já no fim da carta, ela sorriu. E naquele sorriso descobri que em breve iríamos nos mudar para o Rio de Janeiro.

# 18.

Certo dia, estava com dor de cabeça e me sentia cansada. Pedi à minha mãe para ficar em casa e não ir trabalhar com ela. Minha mãe disse que tudo bem, e que eu poderia descansar um pouco mesmo, porque achava justo. Ela e o Augusto foram limpar mais uma casa. Fiquei em casa, e isso era uma coisa muito rara. Fiquei na sala, vendo televisão. No meio da manhã, o Vitor chegou da escola mais cedo, e eu ainda estava na sala. Puxei um pouco minha bermuda, porque era um pouco curta, e ajeitei a blusa.

Ele disse oi e foi para quarto antes mesmo que eu conseguisse responder um oi de volta. Minutos depois, ele saiu, caminhou até a cozinha e preparou alguma coisa para comer. Em seguida, veio à sala e perguntou se eu estava com fome também; eu disse que não, que já havia tomado café pouco tempo antes. Então ele sorriu para mim e eu sorri também. Depois ele perguntou se eu queria jogar video game. Falei que sim, mas que não sabia como. Eu te explico, ele disse.

Fomos para o quarto da Conceição, e aquele espaço era uma

mistura de quase tudo. Havia uma cama de casal permanentemente desarrumada. De vez em quando a Conceição ou a Simone até arrumavam, mas sempre vinha alguém deitar nela ou jogar coisas em cima. As portas dos dois guarda-roupas não fechavam direito porque estavam sempre abarrotadas de cobertores e sacolas de tudo que era tamanho. Ao lado deles, havia um beliche onde dormiam o Vitor e o Fábio. A Simone e a Conceição dormiam na cama de casal.

Vitor disse para eu me sentar no chão que ele ia ligar o video game. Perguntei que jogo era, ele disse que era de corrida, e perguntou se eu gostava. Dei de ombros, porque não fazia a mínima ideia de como aquilo funcionava. Enquanto Vitor ligava o aparelho, eu olhei para ele sem que percebesse. Pensei em perguntar se tinha namorada, mas desisti porque ele poderia rir de mim.

Depois de tudo ligado, ele pegou um dos controles e disse para eu olhar e aprender. Achei aquilo um jeito besta de falar, mas deixei ele pensar que era esperto. No início me pareceu interessante, mas depois, sinceramente, achei chato. Passada meia hora, decidimos sentar na cama porque o chão era muito duro e frio. Quando comecei a jogar, o Vitor foi me dando algumas dicas, mas eu sempre acabava batendo com o carro. Ele lamentava e dizia que eu tinha de treinar.

O Vitor perguntou se eu queria tomar um suco e eu disse que sim. Quando trouxe, ele se recostou na cama e eu fiz o mesmo. Depois ele perguntou por que eu não ia para a escola. Respondi que não ia para poder ajudar minha mãe a limpar as casas, pois ela estava com uma doença nas mãos. Vitor disse que sabia da doença e que dava pra ver as feridas. Então contou que estava no segundo ano do ensino médio e que pensava em virar jogador de futebol. A escola não serve para nada, ele disse, terminando o suco. Eu concordei, mesmo sem saber se acreditava mesmo naquilo.

Eu quero ser filósofa, eu disse.

Vitor me olhou com espanto. E perguntou o que uma filósofa faz.

Na verdade, eu não sabia muito bem. Disse apenas que tinha lido num livro didático da escola que os filósofos são pessoas que pensam na vida.

Vitor achou aquilo besta e perguntou se isso dava dinheiro. Eu disse que não sabia.

Ficamos em silêncio.

Colocamos os copos no chão e voltamos a jogar. E em pouco tempo comecei a vencer todas as corridas e a passar de níveis, e o Vitor se irritou um pouco com aquilo. Ele não disse nada; apenas ficou quieto. Então, eu falei que ia começar a fazer o almoço para minha mãe e o Augusto porque iam chegar com fome. Ele disse tudo bem. Quando eu saí, ele fechou a porta do quarto.

# 19.

No dia do meu aniversário de catorze anos minha mãe estava sem dinheiro. Aliás, ninguém na casa da Conceição tinha dinheiro, mas mesmo assim minha mãe foi até os vizinhos pedir os ingredientes necessários para fazer um bolo para mim. Os moradores também nunca tinham muita coisa, pois morar na Cohab era sempre presenciar a luta pela sobrevivência: gente reclamando da passagem do ônibus, do preço do pão e da falta de emprego. Nesse dia, a Conceição disse que me daria um presente: me pegou pela mão e me levou numa vizinha que aplicava interlace no cabelo. Disse que ela deixava pagar depois.

Quando chegamos na casa, tinha duas meninas esperando, e outra já na cadeira colocando o aplique. Escolhe a cor do cabelo que tu *quer* colocar, Estela, disse a Conceição. Aqui você pode ser ruiva, loira ou morena. Pode escolher, é um presente da tua tia, ela repetiu, muito sorridente, e eu gostava de ver os dentes muito brancos dela. Fiquei olhando aqueles cabelos lisos expostos em cima da mesa, e então escolhi o vermelho. A Conceição disse que era uma boa escolha, que eu ia ficar linda e que era para eu ficar ali esperando a minha vez, pois, enquanto isso, ela iria para casa ajudar minha mãe a fazer o bolo.

Após duas horas de espera, chegou minha vez. A moça que colocava o aplique se chamava Ivone. E se há uma coisa que a Ivone sabia fazer era puxar cabelos. Fazia aquilo com uma dedicação impressionante, porque o aplique tem de ficar bem rente ao couro cabeludo para não cair. A cada puxada eu soltava um pequeno gritinho e a Ivone dizia, aguenta, guria, aguenta que a gente que é preta é assim mesmo: ficar bonita dá mais trabalho. Embora ela dissesse aquilo com muita verdade, eu não acreditava que a beleza devesse dar trabalho. A beleza deveria ser fácil.

Ivone puxou tanto meu cabelo que, no fim, tinha a impressão de que meus olhos estavam puxados para os lados. Voltei para a casa da Conceição parecendo uma japonesa. Nesse meio-tempo, rezei para que meu pai não aparecesse por lá. Não estava com nenhuma paciência para ele. Quando cheguei, minha cabeça parecia que ia explodir de dor, e eu não sabia distinguir se era dentro da cabeça ou o couro cabeludo que doía mais. Algumas pessoas elogiaram meu cabelo vermelho e disseram que agora eu iria logo, logo arrumar um namoradinho. Mas minha mãe disse que eu tinha era que estudar e que se dependesse dela eu não ia ficar de galinhagem que nem essas gurias perdidas que vivem por aí.

O bolo que minha mãe fez ficou pronto e chamamos alguns vizinhos que ajudaram com os ingredientes. Não teve refrigerante, mas suco de saquinho sabor "tuti fruiti" ou algo parecido. Depois de algumas horas, não sei como, alguém apareceu com umas garrafas de cerveja e elas se multiplicaram. Quando resolveram cantar parabéns para mim, alguns já estavam bêbados. Depois de apagar as velas, minha mãe partiu o bolo, mas as fatias eram grossas demais porque acho que ela não estava em condições de cortar mais fino. Eu disse que cortava; no entanto, minha mãe me afastou com o braço, dizendo que o aniversário era meu, mas quem tinha feito o bolo havia sido ela, e que eu não me metesse naquilo.

Eu também não lembro a que horas foi que o Betão, o namorado da Conceição, chegou. Naquela euforia toda regada a cerveja, música alta e conversa, ninguém se importou com ele. Até o Fábio e o Augusto vieram me dar um abraço. Minha mãe inventou um discurso ao qual ninguém prestou atenção e disse, toda emocionada, enrolando a língua, que nem viu o tempo passar, que ela ainda se lembrava de quando eu era pequena, uma bebezinha, desse tamanhinho, e fazia um biquinho ridículo.

Horas depois, as pessoas já estavam bem bêbadas, e no aparelho de som tocava Bezerra da Silva bem alto: meu vizinho jogou uma semente no meu quintal, de repente brotou um tremendo matagal, dizia um trecho da música, e todo mundo cantava alto. Acontece que, num dado momento, o Betão e a Conceição foram para o quarto e fecharam a porta, ignorando o pessoal que estava na sala. Não demorou muito para que começássemos a ouvir a discussão entre os dois. Houve gritos e xingamentos. Dava para escutar Betão chamando a Conceição de vagabunda, e foi nesse momento que também ouvimos um barulho forte vindo lá de dentro.

A música baixou e o Vitor foi bater no quarto. Como ninguém respondeu, o Vitor abriu a porta. Então vimos a Conceição com fiozinhos de sangue descendo pelo rosto. Estava com a testa cortada. Conceição tentava fechar a porta dizendo que não tinha sido nada. Mas o Vitor, que já estava bastante desenvolvido para os seus dezesseis anos, encarou o Betão, perguntando o que aconteceu, o que aconteceu. E o Betão disse, essa louca tentou me agredir.

O Vitor mandou o Betão sair daquela casa e nunca mais aparecer, mas ele se recusou a ser mandado por um guri de merda, como ele disse. Vitor foi até a cozinha com uma rapidez incrível e pegou uma faca. Quando voltou, ele disse, com a voz mais grossa que pôde fazer: tu *sai* daqui agora ou eu te furo. Acho que o Betão estava muito bêbado para qualquer reação, então ele pegou as coisas dele, resmungando um monte de palavrões, e saiu meio cambaleante, derrubando um copo que estava no chão. Minha mãe, que ainda continuava bêbada, disse que a Conceição precisava ir a um pronto-socorro. Mas a Conceição insistiu, dizendo que não precisava, então as duas foram até o banheiro para cuidar do ferimento.

Aos poucos, os vizinhos foram saindo. Alguém disse que a polícia foi chamada, mas nenhum policial apareceu por lá. No fim, eu, o Vitor, a Simone, o Fábio e o Augusto tivemos de arrumar tudo e recolher os restos. O chão estava sujo, mas fomos obrigados a fazer nossa cama ali mesmo. Custei a dormir, pois o cheiro de cerveja e glacê de bolo me deixou enjoada.

Na manhã seguinte, minha mãe, mesmo com ressaca e de mau humor, decidiu ir até a casa do seu Rodrigues, pedir a ele uma ajuda para comprar nossas passagens para o Rio de Janeiro. Eu e o Augusto fomos juntos, e no caminho minha mãe foi desfazendo a cara de braba e conversou comigo. Disse que de agora em diante era eu que ia cuidar do meu irmão, porque ela já não podia fazer isso; que já estava perdendo as forças e que tinha medo de não conseguir mais dar conta da vida. Falava com tristeza e cansaço. Eu apenas concordava com a cabeça. Depois ela se calou e olhou para a janela como se precisasse pensar no que ia dizer ao seu Rodrigues.

## 20.

Quando o ônibus partiu, eu e o Augusto nos grudamos na janela olhando nossa mãe abanando e chorando. Nossa despedida acabou se resumindo a poucos minutos. Rapidamente, o ônibus saiu da rodoviária e entrou na Freeway. O Augusto não estava triste; para ele, era apenas um passeio. Ele não fazia ideia ou não se dava conta da gravidade que era aquilo de irmos apenas nós dois morar com uma pessoa que só tínhamos visto na infância. Enquanto eu olhava pela janela, sentia falta do meu pai. Não compreendia por que sentia aquilo depois de haver desejado não vê-lo mais. Acho que não era bem a falta da presença dele, mas a falta de ter um pai. Qualquer pai. Imaginei-o vindo até a estação rodoviária para se despedir de mim. Depois, chorei mais um pouco.

O Augusto me olhou e perguntou se eu estava bem. Preferi não responder, porque havia um silêncio muito grande dentro de mim, como se nada pudesse me atingir, nem a paisagem lá fora, nem os morros ou a velocidade do ônibus que nos carregava para longe da nossa mãe. No caminho, meu estômago embrulhou. Mesmo assim não tinha vontade de fazer nada, nem de vomitar; apenas de ficar quieta olhando pela janela. Quando vi um pedaço do rio Gravataí, voltei a chorar e por algum motivo me lembrei daquela noite em que minha mãe dormiu na porta segurando uma faca para nos proteger.

Eu tinha catorze anos e precisava acreditar que nossa mãe estava tentando nos proteger novamente. Augusto, percebendo minha tristeza, pôs a cabeça em meu ombro e disse que tudo ia ficar bem, mana.

Olhei para ele e tive a sensação de que tanto ele quanto eu estávamos amadurecendo rápido demais. Acho que estávamos nos tornando filósofos.

Durante a viagem eu inventava coisas para fazer, pois o trajeto era longo. E não queria que o tédio fosse mais um problema. Nossa mãe nos deu milhares de recomendações. E uma sacola com sanduíches, biscoitos e um pouco de dinheiro para comprar água e suco quando parássemos em algum lugar. Ao nosso lado, no outro banco, uma senhora nos olhava; acho que estava curiosa de nos ver ali, sozinhos. Pouco depois, ela abriu uma sacola e de dentro tirou um pote com farofa e galinha, e nos ofereceu. Agradeci, pois nos lembramos da recomendação de nossa mãe de não aceitar nada de estranhos.

Paramos em Sombrio. Não sei por que a cidade carregava aquele nome. Mas acho que aquela palavra se encaixava com o que eu sentia dentro do peito. A parada foi rápida, mas tive a impressão de que algo de sombrio entrara em mim, era como se a partir dali o caminho para o Rio de Janeiro se tornasse mais real. E quanto mais próximo do real, mais medo eu sentia. Só a ilusão me confortava. Novamente, encostei minha cabeça na janela e passei um bom tempo olhando para o horizonte. Vi o sol se pôr atrás da planície. Mas quando a noite chegou, não tive medo.

## II. A MARGEM ESQUERDA DO CORAÇÃO

*Deus não sabe fazer poemas.*
Melissa

# 1.

Quando cheguei ao Rio, eu tinha catorze anos, mas me sentia muito mais velha. Acho que o Augusto ter vindo junto me deu certa responsabilidade, mas só agora consigo entender que eu não devia ser responsável por ninguém. Eu sei que isso soa como egoísmo e talvez seja mesmo. Cuidar dele parecia um destino. Mas acontece que também não gosto de destinos. Tinha receio de estar condenada a uma vida única. Destinos únicos são sempre violentos.

Após quase vinte e quatro horas dentro do ônibus, entramos na avenida Brasil e pela primeira vez eu vi o Rio de Janeiro. Naquele momento, outro mundo dentro do mundo se abria para mim. Aquela cidade aos poucos começava a se mostrar, luminosa e assustadora. Mais tarde, depois de conhecer as praias, eu pensaria que o Rio de Janeiro era tão bonito que a tristeza não era compatível com a cidade. No Rio de Janeiro ninguém é triste, pensei.

Quando o ônibus encostou na rodoviária, a madrinha Jurema já nos esperava. Pegamos nossas sacolas, descemos do ônibus e, quando ela nos viu, veio logo em nossa direção.

Deus seja louvado. Como vocês demoraram a chegar, filhinha.

Depois, inclinou-se um pouco e apertou as bochechas do Augusto, e aquilo deve ter doído um bocado, porque o Augusto não tinha muita bochecha.

Olhem, esse aqui é o Ricardinho, meu filho, ela disse, levantando-o e me dando para segurar. Peguei o menino meio sem jeito e tentei ser simpática com ele.

Fizeram boa viagem, meu bem, ela perguntou.

Sim, respondi.

Olhei ao redor e tive um pouco de medo. Era a primeira vez que me sentia estrangeira na vida.

Madrinha, preciso ir ao banheiro, eu disse, colocando o Ricardinho no chão.

Vai, filhinha, vai que a viagem até o Méier é longa.

Olhei para o Augusto e ele estava sentado em cima de uma sacola com as mãos no queixo. Pensativo. Acho que pensar nos salvava da vida.

No banheiro, havia uma fila para usar o vaso. Esperei, e, enquanto isso, prestava atenção na conversa das outras mulheres, no sotaque que para mim era engraçado. Depois, na minha vez, entrei na cabine e tive de fazer uma espécie de contorcionismo para não encostar no vaso, porque, segundo minha mãe, era até perigoso engravidar em banheiros de rodoviária. Na época, eu não sabia se aquilo era verdade ou não, mas por via das dúvidas preferi não encostar em nada. Enquanto fazia xixi, tentava ler as coisas escritas na porta, "olha a merda que você fez" ou "Luana e Jaqueline se amaram aqui" ou ainda "Collor para colorir o Brasil". Depois de terminar, me sequei. Lavei as mãos apenas com água porque não havia sabonete.

Pegamos o 456 até o Méier. Eu e o Augusto fomos de pé, e a madrinha Jurema foi sentada com o Ricardinho no colo. Às vezes, ela nos olhava, sorria e parecia estar feliz em nos ter ali. Aquilo de certo modo me confortava. Um sorriso é sempre uma carícia. Em seguida, ela começou a recordar da vez em que esteve no Rio Grande do Sul, que ela tinha uns conhecidos em Pelotas, e foi dizendo isso e aquilo até cansar. Depois, ela me olhou e disse:

Filhinha, sua mãe me contou que nem você nem seu irmão estão indo mais à escola. É verdade, ela perguntou.

É verdade, madrinha.

Olhou para o filho e voltou a falar comigo:

Você gostou do Ricardinho, Estela.

Gostei, madrinha.

Então, filhinha, acho que vocês vão se dar muito bem. Você pode cuidar dele pela manhã e estudar à tarde, ela disse. Depois concluiu: Mas pensando melhor, já estamos na metade do ano. Acho que não vale a pena você entrar agora numa escola, você concorda, meu amor, perguntou.

Concordo sim, madrinha.

Eu respondia tudo sem pensar muito porque estava um pouco assustada com tudo aquilo. O Rio me intimidava. O Rio era grande demais para mim.

Descemos na parada, o sol estava forte. A madrinha nos dizia: olhem, crianças, do lado de cá é o Méier. Não se confundam quando tiverem de descer aqui. Logo, logo vão ter que se virar sozinhos.

Eu e o Augusto nos olhamos mostrando que tínhamos entendido. À medida que caminhávamos pelas ruas, olhávamos para tudo com curiosidade e espanto. Explorávamos, observando as casas, as ruas, e escutávamos os latidos dos cães. A madrinha às vezes tinha de parar, pois se cansava rapidamente por ser gorda, e a todo o momento limpava a testa com um lenço. Eu me ofereci para pegar o Ricardinho. Ela me agradeceu e me deu ele para segurar. Em seguida, sorriu para mim e disse que íamos nos dar muito bem.

# 2.

Quando chegamos na casa, a madrinha foi nos mostrando cada um dos cômodos. Mostrou seu quarto cheio de bonecas e produtos de salão de beleza. A madrinha Jurema já tinha feito muita coisa na vida; trabalhou limpando casas e também costurava para fora. Atualmente, ela fazia bonecas artesanais, e depois ia vender na feirinha hippie que tinha em São Cristóvão. Também fazia comidas típicas do Nordeste e vendia aos domingos numa outra feira ali perto. Os nortistas adoram meu tempero, minha filha, tem que ver, ela disse.

Mas a madrinha passava a maior parte do tempo sendo cabeleireira em Copacabana.

Ela disse que o Augusto poderia dormir no quarto junto com o Ricardinho, e que eu ficaria na sala, no sofá-cama. Mais uma vez teria a sala como lugar para dormir. Eu nunca tive um teto todo meu. No entanto, aquela sala era maior que a da Conceição, e ninguém teria de passar por cima das minhas pernas para ir a lugar algum.

Quando voltamos à cozinha, ela perguntou se eu sabia cozinhar:

Um pouco, eu disse.

Na verdade, eu queria ser útil, então menti que sabia cozinhar feijão.

A madrinha sorriu e, sem que pudéssemos descansar, deixamos nossas coisas na sala mesmo, depois ela pegou o Ricardinho no colo e o Augusto pela mão e disse: vem, Estela.

Fomos conhecer a vizinhança, e a madrinha dizia: tive de trazer as crianças lá do Sul. Estavam passando muita necessidade. Passando fome, coitadinhos.

As vizinhas concordavam que minha madrinha estava sendo muito generosa com a gente. Mesmo que aquela história de passarmos fome não fosse de fato verdadeira, deixei que ela dissesse aquilo, pois compreendi que existem pessoas que quando fazem algo para as outras têm a necessidade de mostrar para todo mundo.

Eles não falam muito, Jurema, comentou uma das vizinhas.

Deve ser anemia, Janice, respondeu a madrinha.

Voltamos para casa. A minha madrinha preparou a mesa e nos deu um lanche. Na hora de comermos, ela puxou um Pai-Nosso e uma Ave-Maria, e em seguida agradeceu pela comida. Eu e o Augusto fizemos o mesmo, pois nunca tínhamos rezado antes de comer, e não pude evitar lembrar a vez em que rezei: quando eu estava na frente de um bandido naquela casa em Viamão. Na hora tive vontade de chorar. Mas dominei minha tristeza, pois é isso que se faz quando se quer conservar certa coragem dentro da gente, e também não queria que minha madrinha pensasse que eu tinha algum problema psicológico por ficar chorando, assim, sem mais nem menos, mesmo que eu tivesse o pranto como obrigação por ser filha de Oxum. Depois, enquanto comíamos, a madrinha perguntou se costumávamos ir à igreja lá no Sul.

Não muito, respondi antes de dar uma garfada, mas já fui à catequese.

Pois aqui, nós vamos duas vezes por semana e aos domingos também, ela disse.

Eu achei esquisito e não entendia a necessidade de ir tantas vezes à igreja. Daí me lembrei da nossa avó que nos levava em terreiros de umbanda, mas não íamos com muita frequência.

Não fui a única a me lembrar disso.

Nossa avó nos levava numa mãe de santo, disse o Augusto com a boca cheia.

Neste momento, a madrinha fuzilou meu irmão com os olhos, fechou a cara e arqueou a sobrancelha.

Garoto, vou dizer uma coisa: aqui nesta casa não se fala em demônio, disse ela, com rancor.

Augusto me olhou esperando que eu dissesse alguma coisa. Olhei de volta e, imitando minha mãe, eu disse:

Termina de comer, Augusto, e deixa de falar besteira.

Ao ver a minha reação, a madrinha rapidamente desfez a cara de braba e me olhou como se tivesse dito algo mágico.

Muito bem, filhinha, assim é que se fala.

Depois, deu uma garfada e continuou:

Semana que vem vamos ao culto. Vou te apresentar ao pastor Everaldo, viu. Ele é uma pessoa muito boa; você vai gostar dele. Todo mundo gosta dele, ela disse, deixando escapar um pouco de arroz da boca.

Eu concordei, porque não queria arrumar confusão no primeiro dia na casa da madrinha. Augusto ficou de cabeça baixa o tempo todo e naquele momento eu tive pena dele. Na verdade, aquilo estava sendo difícil para nós dois; tudo era novo, e nós não queríamos estar ali, comendo aquela comida diferente, ouvindo aquele sotaque carioca esquisito. Não queríamos nada daquilo. Sentíamos falta do Sul. Mesmo depois de tudo o que passamos. O Sul nos doía, mas ainda assim era lá que queríamos estar.

Depois que a madrinha saiu da mesa, o Augusto levantou a cabeça e eu pedi:

Ajuda a mana a tirar a mesa.

Ele disse que sim, ainda um pouco emburrado ou triste. Então sorri para ele. Ele sorriu de volta.

À noite, fomos até uma vizinha que tinha telefone fixo para falarmos com nossa mãe. Na casa da dona Julieta havia muitas coisas velhas. Morava com um filho, o William, que a vizinhança achava muito estranho por ser um homem de cinquenta anos que nunca tinha se casado.

Quando chegamos, Julieta nos ofereceu biscoitos e, por educação, não aceitei, mas o Augusto não tinha nenhum senso de etiqueta e foi lá e encheu a mão de bolachas. A madrinha novamente fuzilou meu irmão com os olhos. Preferi nem olhar para ele para não me aborrecer também. Enquanto esperávamos a ligação de nossa mãe, fiquei observando a sala. Os móveis escuros e bonitos davam uma ideia de que a casa era mais velha do que parecia. Era uma sala grande, mas não como as que eu e minha mãe limpávamos. Dona Julieta foi professora de português, e por isso tinha muitos livros em casa, a maioria guardada dentro de uma estante que parecia uma cristaleira. Estiquei meu pescoço para ver se conhecia algum. *Perto do coração selvagem*, eu li, na lombada. Logo em seguida, o telefone tocou. Era a nossa mãe. Não podíamos demorar muito no telefone porque o interurbano era caro, avisou a madrinha.

Chegaram bem, Estela, ela perguntou.

Sim, mãe.

Obedeçam à Jurema, disse. Depois, ela fez uma pequena pausa para tossir e continuou. E tu, Estela, que já é uma moça, *tenha* juízo aí. *Toma* conta do teu irmão.

Eu só respondia sim para todas as perguntas dela. Dizer não era algo que eu ainda não tinha aprendido. A conquista do não é sempre uma coisa difícil. Tive vontade de dizer que achei o Rio assustador e que também não ia mais estudar naquele ano, mas logo em seguida ela me mandou um beijo e pediu para chamar o Augusto. E ele fez o mesmo que eu, disse sim para tudo e depois passou o telefone para a madrinha.

Voltamos para casa, mas estávamos tristes e tentávamos pensar que aquilo seria temporário — pelo menos tínhamos de acreditar nisso. Quando chegamos em casa, o Padilha, marido da madrinha, estava sentado no sofá assistindo a um jogo do Flamengo e segurando um copo de cerveja. Não pareceu surpreso em nos ver:

Jurema, então eu chego em casa e não te acho, não deixa recado, e ainda por cima não tem janta.

A madrinha respondeu com bom humor:

Benzinho, não seja reclamão. Não são nem oito da noite, sossega o facho. Olha, esses aqui são a Estela e o Augusto.

Padilha mal nos olhou. Disse um oi como se fosse um robô e voltou a olhar para o jogo. Eu e o Augusto sentamos na cozinha. A madrinha disse para o Augusto ir brincar com o Ricardinho no quarto. Mas acontece que o Augusto tinha onze anos e não achava sentido nenhum em brincar com um guri de cinco. Olhei para ele como que mandando obedecer à madrinha. Ele foi. Emburrado, mas foi. Eu fiquei na cozinha ajudando.

# 3.

Uma semana depois de termos chegado, a madrinha Jurema disse que todos precisavam ser salvos do pecado o quanto antes — inclusive eu e o Augusto. Por isso, ela nos levou à igreja, como havia prometido. Foi dessa forma que Deus passou a entrar em nossa vida. Naquele dia, enquanto nos preparávamos para sair, a madrinha disse que quem não tem Deus ao seu lado é castigado mais cedo ou mais tarde. Depois, ainda arrumando o cabelo, olhou-me pelo espelho e disse:

Sua mãe me contou o que aconteceu com vocês lá no Sul, sobre aquela noite.

Arregalei os olhos.

Depois, a madrinha se virou para mim e continuou:

Olha, filhinha, presta atenção; tem coisas que acontecem na vida da gente porque não andamos na companhia de Jesus, entende. Vocês não tinham Jesus no coração. Agora, escuta o que a tua madrinha diz; só Deus protege e pode nos salvar. Deus é a bondade pura. E a única coisa que Ele nos pede, meu bem, é que a gente receba o seu filho dentro de nós.

Em seguida, ela se virou para o espelho novamente, continuou ajeitando o cabelo como se não tivesse dito nada de grave e eu enchi os olhos d'água, mas não deixei que ela percebesse. Administrar a tristeza era a herança da minha mãe. A tristeza nos juntava. Acho que depois daquela conversa, eu havia compreendido para que serve a vida. Juro que fui para a igreja disposta a me aproximar de Deus. Quis me aproximar o máximo que pudesse, se possível, pedir perdão por não termos aceitado a sua companhia por todo esse tempo. Cada vez que eu pensava em pedir perdão a Deus, vinha a imagem da minha mãe sentada naquela cozinha segurando uma faca para nos proteger. Foi só mais adiante na vida que descobri que Deus também era a minha mãe segurando uma faca.

# 4.

Era o dia da purificação. Naquela noite, o pastor Everaldo não estava. Mas havia outros pastores, todos vestidos de terno e gravata. Seguravam uma Bíblia e gostavam de gritar bastante, tudo com muito fervor e paixão. Durante parte da noite vimos alguns pecadores que se voluntariavam a ir até o palco para ser purificados pelos pastores e, enfim, aceitarem Jesus no coração.

Minha madrinha orava com os olhos fechados, jogando as mãos para o alto. Eu e o Augusto imitávamos tudo o que ela fazia para não vê-la irritada nem correr o risco de ter Deus como inimigo. Uma vez, ela nos disse que, no momento em que alguém era purificado, a pessoa via uma luz e sentia algo mudando dentro de si. Então, Jesus entrava em nossa vida e nunca mais saía. Ouvindo ela falar, pensei que aquilo era muito parecido com quando alguém incorpora um orixá. Logo depois me arrependi. Porque poderia ser bem verdade isso de a umbanda ser coisa do demônio, como a madrinha dizia.

O culto estava bastante cheio e todos oravam com muita força e muita fé. Fechei os olhos também, esperando por Jesus.

Mas ele não vinha. Olhei para o Augusto e ele continuava de olhos abertos. Dei um beliscão nele para que os fechasse. Voltei a me concentrar e logo houve uma cantoria, que era uma mistura de gritos e gemidos, e o pastor dizia, vamos, meus irmãos! Jesus está chegando, aceitem ele no coração de vocês. Aceitem Jesus de Nazaré, o escolhido, o Espírito Santo. Deixem todo o sofrimento de lado, Jesus salva, meus irmãos! Aceitem, aceitem! E passaram alguns bons minutos nisso e ele continuou gritando, aceitem Jesus no coração.

Acontece que o tempo ia passando e eu não sentia nada dentro de mim. Pela primeira vez tive medo de Deus, medo de ser castigada.

No fim da cantoria e do louvor, todos colocavam a mão no peito como uma espécie de agradecimento. Naquela hora, fiquei com mais medo de Deus, medo de não ter conseguido aceitar Jesus e, assim, ficar à mercê de sua ira. Então, por via das dúvidas, olhei para a madrinha e disse que havia sentido algo diferente. A madrinha se emocionou tanto que, no fim do culto, ela me levou para me apresentar às irmãs e aos pastores. Naquele momento, me senti pior ainda, pois eu era uma grande fraude, uma farsante por ter mentido daquela maneira.

À noite, quando eu estava só, quando todos haviam dormido, chorei um pouco e pedi perdão a Deus pelo pecado de haver mentido. Pedi a ele que perdoasse minha mãe por não ter deixado que Deus caminhasse ao nosso lado. Em seguida, rezei um Pai-Nosso e adormeci.

# 5.

A partir daquela noite, fiz a promessa de que eu salvaria a todos da minha família. E a única forma de alcançar a salvação era me colocar ao lado de Jesus o mais rápido possível. Para tanto, passei a acompanhar minha madrinha em todas as idas à igreja. Houve semanas em que eu ia quase todos os dias. A frequência nos cultos me dava a sensação de que eu me redimia e que, enfim, Deus nos perdoava.

No dia em que ouvi o pastor Everaldo pela primeira vez, comecei a sentir que Deus estava mais próximo de mim. A cada pregação, o pastor falava de um assunto diferente. No domingo, o culto durava mais de uma hora e ninguém arredava o pé, pois o pastor parecia conversar com os fiéis — diferente dos outros, que apenas gritavam e diziam que tudo era culpa do demônio.

A madrinha fazia questão de sentar na frente, perto do altar, e era sempre uma das primeiras a dar o dízimo. Quando o pastor Everaldo entrou, todos se ergueram e então, depois de dar bom-dia, ele começou:

Meus filhos, olhem para o lado. O que estão vendo, perguntou. Os irmãos de vocês, não é mesmo. Mas olhem com mais atenção. Ao lado de vocês está também um pedaço de Deus. Deus está no meio de nós. Deus é a verdade, a salvação. E Deus sempre nos perdoa, meus filhos, e hoje eu quero que vocês todos não apenas levem a mensagem do Senhor consigo, mas que pratiquem a mensagem, a mensagem em seu dia a dia. Nosso projeto de vida, meus filhos, nasceu na cabeça do Senhor, e tudo o que ele planeja para nós é bom. Agora, gostaria de ler o Salmo 128:1. Me acompanhem, por favor: bem-aventurado aquele que teme a Deus e anda nos seus caminhos, pois comerá do trabalho de suas mãos; feliz serás. Tua esposa será como a videira frutífera aos lados da tua casa, os teus filhos, como as plantas das oliveiras à roda da tua mesa. Eis que assim será abençoado o homem que teme ao Senhor. O Senhor te abençoará desde Sião, e tu verás o bem de Jerusalém em todos os dias de tua vida. E verás os filhos de teus filhos, e a paz sobre Israel. Agora, meus filhos, fechem os olhos. Fechem com força e fé. Falem com Deus. Ouçam a sua voz e orem por seus irmãos. Orem e escutem a única voz capaz de nos perdoar por tudo que fizemos de errado. Amém, meus filhos, e glória a Deus.

E todos repetiam amém e Glória a Deus. Em seguida, ficavam em silêncio. Todos ali de olhos fechados e conversando com Ele. Eu também conversava, mas jamais ouvia sua voz. E depois me perguntei qual era a língua de Deus. Deus não tem idioma, respondeu o pastor Everaldo, certa vez. Deus fala uma língua sagrada que todos entendem.

Cheguei a pensar que Deus era um ser tão bondoso que só poderia agir assim: ouvia todos os lamentos, todas as dores, todos os arrependimentos, todos os pecados e não respondia porque, como o pastor Everaldo havia me explicado, Deus era o silêncio e tínhamos de saber ouvi-lo.

# 6.

Certa vez, durante o culto de dia de semana, um rapaz do outro lado da igreja passou o tempo todo me olhando. Era o Isaías, filho do pastor Zaqueu. Isaías até que não era feio. Tinha umas espinhas na cara, era muito magro, mas eu não o achava feio. No início, eu pensei que ele me olhava por me achar esquisita, mas depois algo nele me dizia que estava interessado em mim.

Por sugestão da madrinha, eu e o Augusto passamos a chegar mais cedo ao culto para conversar com os pastores e ajudar na preparação de tudo. O pastor Everaldo era mais velho e também era aquele de que eu mais gostava, pois de certo modo ele lembrava meu pai, mesmo que eu não carregasse boas lembranças dele. Agora percebo que a falta faz isso: ergue uma casa dentro da gente e sempre há alguém que vai bater na porta e nos lembrar de que a casa está vazia. O pastor Everaldo era uma dessas pessoas.

Ele nos contava sobre a história dos evangelhos, como a vez

em que nos falou sobre a parábola do filho pródigo. Achei bonita aquela história sobre perdão, sobre o filho que desafia o pai, sai de casa, gasta todo o dinheiro em festas, depois volta arrependido e ainda é recebido pelo pai bondoso. Queria ter um pai bondoso como aquele.

Também gostava do modo como ele contava as histórias, me deixando com vontade de ler a Bíblia, os salmos e os versículos. Enquanto isso, Augusto permanecia longe de tudo, sempre distraído com alguma coisa, como se a palavra sagrada não fosse importante. Levava tudo sempre na brincadeira. Eu tinha medo daquilo, porque passei a crer que Deus poderia se voltar contra nós novamente. A ira de Deus era pior que a morte. Por isso, um dia tive uma conversa séria com meu irmão:

Escuta, Augusto, a gente vem aqui para aprender a palavra do Senhor.

Meu irmão ainda tentou debochar de mim, dizendo que eu estava parecendo uma velha beata, uma crente feia e sem graça.

Foi então que eu o segurei pelo braço com força e disse:

Augusto, tu *sabe* por que fomos assaltados naquela noite, perguntei. Tu *sabe* por que aqueles homens fizeram aquilo com a gente. Eu perguntava olhando bem no fundo dos olhos dele e depois continuei:

Aquilo tudo só aconteceu por um motivo: não tínhamos Jesus no coração. Aquilo aconteceu porque não conhecíamos o amor de Deus. Mas agora a madrinha nos mostrou o caminho. Deus é a nossa única saída.

Meu irmão ficou quieto e depois, com um olhar frio, disse:

Eu não preciso do amor de Deus.

Ao ouvir aquilo, minha primeira reação foi a de dar um tapa em seu rosto. Depois mandei que calasse a boca e nunca mais dissesse uma coisa daquelas.

Augusto começou a chorar. Logo em seguida me arrependi de ter batido nele. Mas não o abracei. Fiquei em silêncio ouvindo enquanto ele fungava o nariz. Os homens também têm a obrigação de chorar para ajudar a consertar o mundo.

# 7.

Nas vezes em que chegávamos mais cedo, o Isaías vinha falar comigo, sempre mencionando alguma passagem da Bíblia, porque queria parecer inteligente para mim. No entanto, ele era um pouco tímido e às vezes gaguejava, mas mesmo assim falava baixinho comigo. Eu também era tímida, e sempre que alguém se aproximava, parávamos de conversar. Na igreja, dávamos um jeito de sentarmos próximos um do outro, e, algumas vezes, quando todos estavam orando de olhos fechados e ajudando a curar os pecadores ou os possuídos pelo demônio, eu e o Isaías abríamos os nossos e nos olhávamos. E então, para mim, aquilo passou a ser uma espécie de namoro.

Um dia, quando nossa mãe telefonou para saber como estávamos, o Augusto disse a ela que eu tinha arranjado um namoradinho. Meu sangue subiu ao ouvir aquilo e confesso que não entendia por que meu irmão tinha aqueles acessos de babaquice comigo. Na mesma hora, minha mãe me chamou ao telefone e disse:

Estela, tu é uma moça, mas não quero saber de tu metida com guris.

Eu não estou namorando ninguém, mãe. O Augusto é um idiota que não tem o que fazer.

Não fale assim do teu irmão, Estela.

Depois, ela continuou me passando o sermão. Minha mãe parecia sempre nervosa ao falar com a gente. Talvez porque estivéssemos longe dela, essa era sua forma de tentar interferir em nossa vida, mesmo que fosse gritando. Enquanto ela falava, fiquei revirando os olhos, em seguida passei o telefone para minha madrinha. Não sei sobre o que conversaram, mas imagino que foi sobre ela ficar de olho em mim. Eu só ouvia a madrinha dizer, pode deixar, Irene, pode deixar.

Sempre que voltávamos para casa depois de falar com minha mãe eu me sentia triste. Ainda tínhamos de aguentar a cara emburrada do Padilha.

# 8.

Para não ficar em casa por muito tempo, eu passava horas na igreja lendo a Bíblia ou conversando. Às vezes, eu ia mais cedo para poder encontrar com o Isaías. Nunca ficávamos sós. Ele tinha duas irmãs mais novas que estavam sempre em volta. Um dia, ele me perguntou se eu sempre fui da igreja.

Não, antes vivíamos sem Deus.

Isaías me olhou com tristeza, como se viver sem Deus fosse a coisa mais grave que pode ocorrer com alguém.

Você acha que as coisas ruins que nos acontecem é porque não aceitamos Deus em nossa vida, perguntei.

Isaías riu, um riso tímido. Fiquei um pouco zangada.

Do que você está rindo, perguntei.

Do seu jeito de falar. Você está falando que nem carioca: *você*.

Não havia me dado conta disso. Eu estava me tornando uma carioca sem ter conhecido o Rio. Eu nunca tinha saído do Méier. Achava que o Rio se resumia àquele bairro.

Você não respondeu a minha pergunta, Isaías.

Po-pode me chamar de Isa. Meu pai não go-gosta que me chamem assim po-porque diz que isso é bla-blasfemar contra um nome sagrado.

O que é blasfemar, perguntei.

Não se-sei di-direito, mas acho que é uma o-ofensa.

Então, me responde, Isaías.

Re-responder o quê.

Aquilo que te perguntei sobre Deus.

Eu não sei, ma-mas acho que você tem que perguntar pro pa-pastor Everaldo.

Mas eu perguntei pra você. Se eu quisesse saber a resposta do pastor Everaldo, eu perguntava pra ele.

Isaías deu de ombros. Depois, ficou em silêncio, mas eu quis continuar.

Eu acho que não podemos viver sem Deus. Mas eu também acho que ele não pode viver sem a gente.

Isaías me olhou um pouco perplexo.

Vo-você é esquisita.

Neste momento o Augusto se aproximou:

A gente não devia ficar falando essas coisas, Estela.

Por quê, perguntei.

Porque eu acho que Deus não gosta de perguntas.

Isaías concordou com ele.

Eu não acreditava nisso, mas não disse nada.

Depois, olhando mais atentamente para o Isaías, pensei que não íamos namorar, porque comecei a vê-lo apenas como amigo. Eu sabia que Zaqueu, pai dele, gostava de nos ver juntos, até incentivava a nossa aproximação, porque gostava de ver o filho homem dele de namorinho com uma moça decente da igreja.

# 9.

Outro dia, eu deixei a comida queimar porque me distraí me lembrando de quando éramos eu, minha mãe e o Augusto no Rio Grande do Sul. Eu nunca pensei que pudesse sentir tanta falta daquele tempo. Quando fui servir a comida, o Padilha reclamou do gosto, e eu disse que tinha sido sem querer.

Mora de graça aqui, come e dorme e ainda deixa a comida queimar.

Benzinho, deixa a menina em paz.

Não tenho como descrever o quanto aquele benzinho da minha madrinha me irritava profundamente. Acho que minha irritação foi um dos motivos para que eu começasse a querer sair dali, algumas coisas me deixavam triste demais, e não queria me sentir assim. Eu não tinha a mesma habilidade da minha mãe para administrar a tristeza.

Resolvi ligar para ela e dizer que não aguentava mais aquela vida, que eu queria voltar para Porto Alegre e não me importava de não estudar mais e ficar limpando as casas dos ricos com ela. Que eu até estava me aproximando de Deus. Acontece que justamente nesse dia minha mãe contou que a Conceição estava no Rio e queria ver a gente. Eu perguntei se ela estava sozinha, mas na verdade eu queria saber se o Vitor estava junto. Ela confirmou minha expectativa. Depois, disse que o fim do ano estava chegando e que faria de tudo para passar o Natal com a gente, pois o seu Rodrigues ia ajudá-la a comprar a passagem.

Aquelas notícias me fizeram desistir de dizer tudo o que havia pensado antes. Ver o Vitor e a Conceição no Rio me deixou um pouco mais animada. Voltei para a casa da madrinha com algum alento. À noite, no culto, eu estava distante. Não prestei muita atenção nas pregações porque pensava na possibilidade de ver o Vitor e a Conceição.

Dias depois, tocaram a campainha da casa da madrinha. Era domingo, e eu e o Augusto estávamos sentados na sala. Quando a porta abriu, a Conceição entrou e cumprimentou a madrinha, o Padilha e depois veio na nossa direção. Eu olhei para a porta, mas ela se fechou e então percebi que o Vitor não tinha vindo junto com ela.

Conceição nos abraçou e disse: como vocês cresceram. Olhou para mim e falou que eu estava quase uma mulher-feita. Quis perguntar do Vitor, mas tive vergonha. Depois, ela sentou na sala e a madrinha ofereceu um copo d'água gelada, porque o calor estava demais. Conceição começou a mexer na bolsa e disse, olha, tua mãe mandou umas coisinhas pra vocês e disse que está com saudades e que no final do ano ela vem aqui. Abrimos uns pacotes; eram coisas simples, uma blusinha pra mim, um carrinho para o Augusto e um quebra-cabeça para o Ricardinho.

Num dado momento, a madrinha perguntou dos filhos da Conceição e ela respondeu que estava tudo bem e continuou:

O Vitor não quis vir, preferiu ficar com os primos dele na Tijuca.

Depois, ouvi a madrinha dizer que eu era uma moça muito boa, que gostava de ir à igreja, que eu não incomodava, diferente do Augusto, que às vezes era um capeta.

# 10.

Era domingo, acordamos cedo. Íamos à praia. Naquele dia, até o Padilha acordou de bom humor. Mesmo sem achar a menor graça nas piadas que ele fazia, pensei que aquilo já era um bom sinal. A madrinha pediu que eu arrumasse o Ricardinho e o Augusto, enquanto ela ia fazendo os lanches, porque na zona sul quem é assaltado é o pobre com o valor das coisas. Até o Padilha foi para a cozinha ajudar a embalar os sanduíches. Pegamos o 456 rumo a Copacabana. Boa parte do percurso foi feita em silêncio, do que eu gostei, porque tudo para mim estava sendo uma novidade, e assim eu podia observar em paz os prédios, as pessoas e a paisagem. A vida naquele dia parecia fluir melhor e mais alegre na cidade. O Rio era muito maior do que eu imaginava.

Assim que chegamos, procuramos um lugar para sentar perto da beira do mar. O céu estava tão azul que senti vontade de chorar. Olhei para meu irmão, mas ele já tinha corrido para o mar com o Padilha e o Ricardinho. Depois, mirei o horizonte e pensei que durante todos aqueles meses eu fiz um esforço para não esquecer o rosto da minha mãe. Mesmo que eu carregasse comigo algumas fotos dela, eu sentia que o seu rosto tinha de permanecer na minha memória.

Depois que nos ajeitamos, a madrinha disse para eu tirar meu short, mas tive vergonha ao olhar para as pessoas ao redor. A madrinha não tinha vergonha nenhuma em expor seu corpo gordo. Eu achei aquilo bonito, porque percebi que a beleza deve ser uma coisa que fica dentro da nossa cabeça. Em seguida, fui até o mar e molhei os pés. A água estava fria, mas fechei os olhos e o barulho do mar me deixava comovida. Ao longe eu ouvia as brincadeiras das crianças misturadas aos gritos dos vendedores.

No meio da tarde, o Padilha resolveu comprar biscoitos de polvilho para nós, e a madrinha disse, mas benzinho, é muito caro. E o Padilha disse, para que serve o dinheiro se não for para gastar, e em seguida olhou para nós e sorriu. Desconfiei que, quando a madrinha resolveu se casar, foi com aquele Padilha, e não com o Padilha mal-educado de agora.

Antes de irmos embora, resolvi tirar meu short e ficar só de biquíni. Para falar a verdade, acho que ninguém percebeu nada, porque cada um estava entretido com alguma coisa: o Augusto jogando bola com outros meninos na beira da praia, a madrinha passando protetor solar nos braços e o Padilha brincando na areia com o Ricardinho. Sem que percebessem, caminhei um pouco pela beira. O Rio agora já não parecia tão assustador. À noite, antes de dormir, agradeci a Jesus pelo dia. Depois, fiz um esforço para lembrar o rosto de minha mãe sem precisar olhar para alguma foto, mas não consegui.

# 11.

Houve um dia em que o Isaías resolveu me pedir em namoro. Lembro-me daquele jeito dele tímido cheio de gagueira, e quanto mais nervoso ele estava, mais gago ficava:

E-Estela, v-você que-quer na-mo-mo-rar, co-co-migo.

Achei engraçado. Não respondi na hora porque eu queria que ele ficasse esperando. Disse que ia pensar. Não sorri. Fui para casa decidida a não aceitar. Mas depois de algum tempo comecei a pensar um pouco e vi que as coisas poderiam ir além do sim ou do não. Achei que eu poderia pelo menos dar um beijo nele, pois eu não tinha beijado ainda nenhum rapaz.

Quando voltei para casa, a madrinha estava assistindo ao programa obrigatório de política na tv. Ela tinha a mania de conversar com a televisão: dizia que aquele sim tinha jeito de presidente. Na época, eu não entendia nada de política porque não prestava muita atenção nisso, mas lembro do candidato Collor repetindo centenas de vezes que ia ser o guardião da moral e um caçador implacável dos marajás.

O Augusto me perguntou o que era um marajá e, antes mesmo que eu pudesse pensar em responder alguma coisa, a madrinha se adiantou dizendo que marajás são esses políticos sem-vergonha e ladrões que só sabem meter a mão no dinheiro do povo, e que até esse Brizola, que era um bom político, devia estar envolvido nas maracutaias. O Augusto perguntou o que era maracutaia, e eu disse para ele ficar quieto.

A madrinha olhava para a TV e suspirava pelo Collor porque ele era jovem e bonito, e dizia que só um homem jovem e bonito que fazia natação e cooper na beira da praia e que andava de jet ski poderia colocar o Brasil nos eixos.

No dia seguinte, quando fui à igreja, o Isaías quis saber minha resposta sobre namorar com ele. Eu não fiz nenhum rodeio e disse:

Isaías, eu não vou namorar você.

Não. Ma-mas por quê, ele perguntou.

Porque não posso. Eu não gosto de você. Não gosto de você como namorado.

Isaías ficou vermelho, e acho que até poderia ter chorado. Ficou quieto, apertando as mãos, e não sei por quê, mas eu sentia prazer em fazer aquilo com ele.

Eu não quero namorar você, mas eu deixo você me dar um beijo na boca.

O Isaías me olhou com espanto.

Mas você disse que não quer namorar comigo.

Eu não quis dizer, mas devia ter dito: Isaías era muito lerdo mesmo para ser meu namorado. Tive de explicar que um beijo não tinha nada a ver com namoro.

Mas é pecado, ele disse. Beijar sem ter compromisso é pecado. Eu fiquei analisando aquela afirmação e tive dúvidas se poderia ser mesmo pecado. Mas acontece que eu não podia perguntar para ninguém, nem mesmo para minha madrinha, que poderia achar que eu já estivesse em pecado com o Isaías.

Fomos para trás da igreja, perto de uma árvore, longe dos olhos de todos. O Isaías chegou perto de mim, e percebi que estava nervoso e um pouco ofegante. Ele segurou minha cintura e eu coloquei minhas mãos sobre os ombros dele.

Achei o beijo um pouco nojento, porque só depois fui descobrir que o Isaías não sabia beijar. Eu também não sabia, então éramos dois inexperientes que não sabiam beijar. Batemos os dentes, e também sentimos um pouco a saliva um do outro. Depois do beijo nós nos afastamos sem nem nos olharmos. Acredito que o Isaías tinha mais receio de Deus do que eu. Lógico que o medo de ser castigada por estar cometendo um pecado existia, mas acabei me acostumando com aquilo. O pecado era bom. Não contamos para ninguém sobre aquele beijo; não tinha certeza de que voltaríamos a nos beijar. Mesmo que eu lhe tivesse dito que não queria namorar, ele passou a me dar bilhetinhos de amor e sempre costumava me trazer um doce.

Um dia, ele me trouxe uma flor e eu tive vontade de rir dele, porque achei aquilo ridículo. Outro dia, ele me jurou que estava disposto a fazer tudo por mim. E eu gostei da ideia. Para ter certeza, voltei a perguntar se ele faria mesmo tudo por mim.

Faço.

Então, vai agora na padaria e compra um sonho de doce de leite pra mim.

Mas eu não tenho dinheiro, ele disse.

Dá um jeito. Você disse que faria tudo por mim.

Isaías deu um jeito e me trouxe um sonho. Depois, me perguntava se a gente ia namorar. Eu respondia que estava pensando. Eu sempre estava pensando. Eu dizia: Isaías, sobe as escadas da igreja correndo. Ele subia as escadas correndo. Isaías, vira cambalhota. Ele virava cambalhota. Isaías, me traz um cigarro.

Um cigarro, ele perguntou.

É.

Mas isso é muito pecado.

Dar um beijo atrás da igreja sem namorar também é pecado.

Pra quê um cigarro, perguntou.

Ora, pra fumar.

Mas isso é coisa de adultos.

E você acha que somos o quê. Crianças, por acaso.

Isaías ficou quieto. Talvez eu tivesse ido longe demais com ele. Pedi para ele esquecer aquilo do cigarro. Ele sorriu e depois me perguntou se eu já tinha decidido se íamos namorar. Eu disse que continuava pensando.

Mas por que você pensa tanto.

Penso porque quero ganhar da vida.

Não entendo, Estela. Acho que você deveria ter medo de Deus.

Não acho. Pra mim, a vida é maior que Ele.

Isaías arregalou os olhos, e creio que estava um pouco assustado comigo. Eu também estava assustada com as coisas que comecei a pensar. Ele continuou insistindo:

Nós vamos namorar ou não.

Eu olhei bem para ele, talvez da mesma forma superior que Deus deve olhar para os fiéis, e disse que não. E que agora era definitivo. Palavra final. Ele perguntou, então, se nem os beijos poderíamos mais dar. Eu disse que os beijos talvez, mas só quando eu tivesse vontade. Isaías concordou.

# 12.

No dia em que o Collor ganhou as eleições, todo mundo da vizinhança comemorou, dizendo que agora finalmente o Brasil ia pra frente. Na TV, o Collor fazia o pronunciamento de vencedor. Eu juro que me esforçava muito para entender o que ele dizia. Mas tinha impressão de que ninguém entendia bem o que ele falava, porque ele costumava utilizar palavras difíceis e esquisitas, mas eu ouvia a madrinha dizer que ele falava bonito, era inteligente e tinha classe. A TV mostrava as pessoas saindo às ruas com bandeiras do Brasil, gritando Collor, Collor, como se fosse um grito de gol em copas do mundo.

O fim do ano se aproximava e a nossa mãe viria passar o Natal com a gente, como ela havia prometido, e aquela foi a notícia mais feliz que eu e Augusto tivemos desde que viemos para o Rio. Dali em diante passamos a contar os dias para que ela chegasse. E sempre que havia indícios de que eu estava esquecendo seu rosto, eu olhava para uma foto dela.

À noite, eu pensava nos beijos que eu dava no Isaías, mas também em outras coisas. Fiquei curiosa em saber como era o membro dele: se ficava duro com rapidez por minha causa ou se ele tinha vontade de tocar em mim. Logo em seguida, eu rezava e pedia perdão a Deus por pensar nessas coisas.

Às vezes, ter consciência de que haveria um ser tão intrometido como Deus me parecia um tanto violento. Eu, que antes pensava que as ideias eram protegidas, ficava com medo de saber que Deus teria acesso a todos os meus pensamentos. Ninguém escapa de Deus. Nem os filósofos. Logo outra ideia surgiu: e se Deus não soubesse de nada. E se Ele ignorasse tudo, e se Ele não pudesse saber o que pensamos. E se ao contrário disso... E se fôssemos nós a sabermos de tudo que se passa na cabeça de Deus... E se a cabeça de Deus fôssemos nós. E se...

Ao pensar dessa forma, uma espécie de tristeza tomou conta de mim porque eu não tinha respostas. As perguntas me doíam e me rasgavam porque eu estava dividida entre o pecado e o pensamento.

# 13.

Os dias foram passando, e sem que eu percebesse meu corpo começou a se desenvolver, principalmente meus seios, que cresceram e passaram a chamar a atenção. Tanto que, certo dia, peguei o Padilha olhando para eles. Padilha fingiu que olhava para outra coisa, mas eu constatei nos olhos dele. Talvez antes não tivesse percebido que eu estava evoluindo. Confesso que gostei de saber que ele sentia vontade de olhar os meus peitos, mas logo em seguida um nojo tomou conta de mim ao imaginar o Padilha tocando neles.

Um dia, nossa mãe ligou e perguntou se estávamos nos comportando bem, estava preocupada comigo porque eu tinha parado de estudar, não queria que eu acabasse como ela; dizia que comigo e com o Augusto ia ser diferente. Disse também que as coisas estavam melhores, mas que ainda não tinha condição de cuidar de nós. Por último, me falou que meu pai havia ligado e que me mandaria um presente de Natal pelo correio. Quis dizer a minha mãe que não queria saber de presente nenhum, que estava muito bem sem meu pai e as molas malucas dele. Depois, perguntou como estava o Augusto. Eu disse que estava bem, no entanto eu deveria ter dito que meu irmão estava crescendo. Acho que foi nesse tempo que as coisas entre nós começaram a mudar. Explico: o Augusto antes era um menino que volta e meia tinha aqueles acessos de babaquice, mas quando entrou para a igreja, quando aceitou Jesus no coração, meu irmão se transformou: passou a querer ser igual aos pastores. Mudou o jeito de falar. Era sério demais para a idade dele. Vestia roupas sociais que ficavam esquisitas nele por serem sempre maiores que seu número. Passou a carregar a Bíblia para cima e para baixo, e decorou alguns trechos para dizer na hora da janta e do almoço.

Mas minha mãe não tinha tempo para eu contar tudo isso. Ela desligou o telefone dizendo que nos amava e que agora faltava pouco, muito pouco.

# 14.

Os encontros com o Isaías atrás da igreja passaram a ser mais frequentes e começamos a acertar nossos beijos. Eu já não sentia nojo da saliva dele, e nossos braços já não ficavam sem jeito. Houve um dia em que ficamos bem perto um do outro, e então pude sentir o membro dele crescer dentro da calça e pedi a ele para pôr a mão nos meus peitos. Ele apertou um pouco, talvez com medo de machucar; pedi pra ele apertar mais forte, e senti prazer naquilo. Depois, fui mais adiante e coloquei a mão no membro dele e comecei a acariciá-lo. Ele também passou a mão no meio das minhas pernas. E nós dois estávamos fazendo movimentos que até então desconhecíamos. Aquilo era tão bom que cheguei a desconfiar, porque Deus achava o prazer um pecado. Mas foi justamente nesse momento que meu irmão apareceu como um espírito sem luz, junto com o pai do Isaías, o Zaqueu, que perguntou que pouca-vergonha era aquela.

Dentro da igreja, o Isaías, sem mais nem menos, ou por medo de Deus ou do pai, desandou a falar de mim, dizendo que eu ficava ameaçando-o. Disse tudo que eu mandava ele fazer: falou dos doces na padaria, falou de eu ter mandado ele subir as escadas correndo, falou das cambalhotas e falou do cigarro.

Cigarros, Estela! Cigarros, repetia minha madrinha na frente do Padilha e do meu irmão, que me olhava com desprezo e vergonha. Eu não neguei nada e também não mostrei nem um pouco de arrependimento, o que deixou minha madrinha mais irritada ainda. Disse que ia contar tudo para minha mãe. Antes disso, ela quis me levar para ter uma conversa muito séria com o pastor Everaldo. Eu disse que não ia a lugar nenhum, que estava cansada da igreja e que eu não achava que beijar alguém atrás da igreja era pecado. Não demorou muito para minha madrinha se convencer de que o diabo estava tomando conta do meu corpo. Minha madrinha ameaçou me levar para o meio do culto e mandar o pastor tirar o demônio de dentro de mim. Não tive alternativa.

Quando cheguei à igreja, o pastor Everaldo pediu para eu me sentar e ficar à vontade. Ele tinha uma voz amigável e serena. Solicitou que minha madrinha saísse. Em seguida, me olhou como se fosse um pai prestes a ter uma conversa séria com a filha. Disse que eu não devia ter medo, que ele não ia brigar comigo. Tive vontade de dizer que não sentia medo mesmo, porque depois que se tem uma casa invadida por bandidos, depois que se sofre certas violências, era difícil ter medo de alguma coisa na vida.

Quando ele começou a falar, e eu coloquei meus dois olhos para cima, juro que pensei em não prestar atenção em nada do que vinha pela frente. Fazer como eu fazia em algumas aulas na escola, em que você finge que está ali, prestando atenção, mas na verdade está em outro lugar. Eu queria estar em outro lugar, mas ainda não sabia onde. Na verdade, eu nunca tive um lugar para ir.

Lembrei-me de um dia em que o professor de biologia nos explicou sobre o funcionamento do coração. Disse que na medicina os médicos costumam estudá-lo por partes. Depois nos mostrou um mapa do coração humano e eu achei aquilo fascinante. Em seguida, apontou para uma parte do mapa e disse que aquela era a margem esquerda do coração, responsável por bombear sangue para o corpo. Não recordo se era bem isso, lembro-me apenas do professor de biologia dizendo que a margem esquerda era três vezes mais forte que a direita. Isso nunca me saiu da cabeça. Às vezes, penso que algumas pessoas devem ter nascido com duas margens esquerdas para poder dar conta da vida.

# 15.

Eu já fui jovem, Estela, disse o pastor Everaldo, e sei como é difícil controlar nossos desejos e instintos. E isso é normal na idade de vocês. Deus nos fez como somos, e há motivos para que nossos corpos ajam assim. Mas olhe, não estou aqui para te julgar ou te condenar. Isso só quem pode fazer é Deus. Eu só quero que você reflita. Vou te contar uma história que talvez te ajude a pensar:

Certa vez, uma moça, numa cidadezinha pequena, começou a namorar muitos rapazes ao mesmo tempo. Beijava um rapaz por dia. Não se importava com as pessoas nem com o que eles iam pensar. A moça morava com a mãe, mas quem mais dava conselhos a ela era a sua avó. Ela dizia para a menina: minha neta, não faça uma coisa dessas, pois pode ficar falada na cidade. Mesmo que você não tenha feito nada, você sabe que o povo fala mal de moças que não se dão o respeito.

Depois de contar a história, a menina pensou um pouco e prometeu que não ia ser mais uma namoradeira. No entanto, a promessa não foi cumprida e um dia chegou aos ouvidos do pai da moça que ela não era mais virgem e que até andava cobrando para se deitar com os rapazes. Quando a notícia se espalhou, o pai ameaçou colocá-la na rua. A menina começou a ser excluída pelos colegas da escola, pelos amigos, pelos parentes. Depois, quando já estava no auge da solidão, quando já havia conhecido a tristeza e o isolamento, levaram-na ao médico e descobriram que ainda era virgem, e que não tinha feito nada além de beijar os rapazes. Entretanto, minha filha, as pessoas da cidade continuaram a falar e passaram a inventar coisas terríveis sobre ela. Então, sem saber o que fazer, a avó mandou que ela fosse procurar o padre da cidade. O religioso ouviu as confissões da menina, seus pecados e arrependimentos. Depois, o padre fez um pedido a ela: Quero que você vá até sua casa, pegue um travesseiro de penas. Em seguida, vá até a torre da igreja. Quando chegar lá, rasgue este travesseiro.

E o que você acha que aconteceu, Estela, ele perguntou.

Eu fiquei pensando na resposta e me imaginei olhando aquelas penas todas voando por cima dos telhados. Não fazia ideia de onde o pastor queria chegar com aquela conversa. Ele continuou:

Você deve ter imaginado que as penas do travesseiro voaram para longe. Muito longe. Pois bem, depois que a menina desceu, o padre fez outro pedido a ela: agora, minha filha, quero que você junte cada uma das penas e coloque de volta no travesseiro.

E você acha que ela conseguiu, Estela, ele perguntou.

Eu não respondi, porque não sabia o que dizer.

Eu respondo: não conseguiu, continuou o pastor. Porque essas penas significam as nossas ações. Cada uma daquelas penas, depois que se espalham, já não podem mais voltar para o travesseiro, e mesmo que você tente buscar uma por uma, mesmo que vasculhe cada metro daquele lugar, haverá sempre uma à solta.

E sabe o que ela fez dali em diante, ele perguntou.

Balancei a cabeça negativamente e não olhei mais para ele, porque meus olhos estavam cheios d'água.

A menina passou um bom tempo em reclusão, refletindo e aprendendo com o tempo e com a solidão. Depois, conheceu um rapaz bom e trabalhador. Namoraram com decência e afeto. Noivaram e se casaram, assim como manda a sagrada escritura. Por isso, Estela, quero que reflita sobre suas ações e sobre o quanto isso pode te prejudicar na vida religiosa.

O pastor Everaldo ficou me olhando em silêncio por alguns momentos e depois, ainda com uma voz afável, disse que eu era uma boa moça e que um dia iria encontrar alguém para casar e que eu não podia perder a fé.

Somos pobres, ele continuou, e a religião é a única virtude que temos, o único modo de nos aproximarmos de Deus, ele disse, pondo a mão em meu rosto. Eu fui um menino muito pobre, Estela, mas minha mãezinha, e que Deus a tenha, sempre me ensinou desde pequeno o amor por Jesus. Na infância, foi minha mãe quem me preparou para amar a Deus e depois, com o passar dos anos, me tornei um soldado do Senhor. Aceitei que o único sentido da minha vida era a vocação para o sacrifício. Acho que isso me fortaleceu e não deixou que eu caísse nos vícios, na corrupção e na desordem da vida. No lugar onde eu morava, vi muitos amigos meus morrerem por causa do tráfico. A igreja me salvou. A gente nunca pode prever o quanto o mundo pode ser um lugar cruel, mas quando nos abandonamos nas mãos de Deus, perdemos aquela sensação de estarmos caindo.

Ao ouvir o pastor Everaldo dizer tudo aquilo, tive vontade de chorar, porque eu estava caindo. Foi então que nos abraçamos. Quis ficar naquele abraço do pastor Everaldo. Logo em seguida, a irmã Otacília entrou e o pastor rapidamente se afastou de mim porque talvez nosso abraço tivesse sido longo demais.

Para disfarçar, o pastor disse que eu precisava de um banho de descarrego para me purificar. Pediu para irmã Otacília preparar meu banho, dizendo que aquilo tiraria todos os meus desejos impuros. Tomei o banho na igreja, tinha cheiro de ervas. A irmã disse que era para eu rezar dez Pais-Nossos e vinte Ave-Marias enquanto me banhava.

Não chore durante o banho, filha; a tristeza é inimiga da cura, ela disse.

Não chorei. Porque talvez eu não tivesse mesmo nenhuma obrigação de chorar, pois eu não queria consertar o mundo. O mundo é perfeito. Deus o fez assim. E isso bastava. Pensei apenas em minha mãe. Depois de muito tempo, a imagem veio nítida: o rosto dela sentada de costas para a porta segurando uma faca.

O pastor Everaldo me mandou ir para casa pensar no que ele havia dito. Quando cheguei, a madrinha estava na cozinha. Parei no marco da porta de cabeça baixa. Depois me aproximei e a abracei. Pedi perdão por fazê-la passar vergonha diante da vizinhança. Pedi que não contasse nada à minha mãe. A madrinha me atendeu, e semanas depois eu e o Isaías oficializamos nosso namoro.

# 16.

Além de pastor, Augusto virou o guardião da minha virgindade. Eu e o Isaías passamos a ser mais vigiados do que nunca. Agora, nosso namoro se resumia a pegarmos um na mão do outro. Mas não demorou para aquilo começar a me incomodar, porque não podíamos beijar direito nem explorar o corpo um do outro. Além disso, comecei a me dar conta de que o Isaías era um mosca-morta, e demorei um pouco para perceber que eu não gostava de moscas-mortas. Não sei como continuei o namoro. O fato é que, mesmo com aquele sermão do pastor Everaldo, mesmo com a história do travesseiro, mesmo com receio de Deus, eu me distanciei aos poucos daquele mundo. Hoje penso que as filósofas fazem isso: inventam uma casa no meio da cabeça e passam a morar lá, longe das pessoas, longe das mães, longe dos pais, longe dos maridos, longe dos pastores, longe dos patrões, longe de Deus.

Como eu disse, Augusto tinha prazer em nos policiar; ele estava cada vez mais parecido com um pastor. Em pouco tempo, meu irmão ganhou a confiança deles e de repente vi Augusto iniciando os cultos. O pastor Everaldo olhava para meu irmão com muito orgulho e via nele o fruto de sua evangelização.

O fim do ano chegou, e com ele a vinda da nossa mãe. Era um domingo, e fomos todos à rodoviária buscá-la. Quando desceu do ônibus, minha mãe estava muito diferente. Parecia até que tinha ficado mais nova. O cabelo mais volumoso. A maquiagem suave, a roupa elegante. Minha mãe tinha feições felizes. Parecia ser outra mulher.

Quando nos abraçou, pude sentir seu perfume. Ela chorou de saudade e vi seus olhos borrarem um pouco com o rímel. Depois, afastou-se de nós e disse que o Augusto já era um homem-feito e eu, uma mulher linda. Em seguida, finalmente abraçou a madrinha e o Ricardinho. Minha mãe foi pegar as malas. Eu gostava de observá-la de longe.

Nós ainda não sabíamos se nossa mãe nos levaria de volta com ela para Porto Alegre. Ela não nos disse nada de início. No caminho para o Méier, ela foi nos atualizando sobre as histórias de Porto Alegre. Disse que minha prima Angélica havia engravidado mais uma vez, mas de outro homem, bem mais velho que ela. Que as coisas estavam complicadas porque o homem era casado.

Depois, disse que a Conceição ia ser avó, e foi aí que meu coração foi parar na boca, porque achei que o Vitor ia ser pai. Mas logo fui tranquilizada ao saber que quem estava grávida era a Simone. Disse que o Betão morava lá agora e que nos fins de semana sempre acontecia alguma briga, que houve uma vez em que o Vitor acertou uma garrafada na cabeça do Betão e minha mãe deu graças a Deus por termos saído de lá.

Disse que foi morar na casa do seu Rodrigues por um tempo, pois ele ficou muito doente. Minha mãe se mudou para lá para que ele pudesse ser cuidado como merecia, já que o seu Rodrigues não tinha ninguém no mundo. Foi nesse momento que o Augusto perguntou se a gente ia voltar com ela para Porto Alegre e morar na casa do seu Rodrigues. Minha mãe não respondeu. Disse que depois ia conversar com a gente sobre isso e que agora contaria sobre meu pai. Quando ela desconversou, entendi que não íamos voltar com ela.

Minha mãe contou que se encontrou com meu pai uma vez e que ele tinha casado de novo, mas a moça era trinta anos mais nova e colocou um par de chifres bem dado nele. Então ele tentou se matar. Nesse momento, minha mãe riu, e disse que ele era um parvo mesmo, que ela devia ter entrado na justiça para ele nos pagar uma pensão em vez de gastar com as piranhas na rua.

Ela olhou para mim e perguntou se a gente andava incomodando a Jurema. Disse que ficou sabendo do meu namoro em casa com o Isaías. Então, foi a vez de a minha madrinha desandar a falar de mim, e que o Isaías era um rapaz muito direito, respeitador e da igreja. Minha mãe sorriu e pôs a mão no meu rosto, como se aquele namoro fosse uma recompensa para ela, como se ela tivesse a certeza de que o fato de nos ter mandado para o Rio fosse a melhor coisa que ela fizera por nós.

# 17.

Era sábado e nossa mãe disse que nos levaria no dia seguinte para passear na zona sul, porque ela tinha uma amiga chamada Edna que morava em Copacabana. Eu e o Augusto gostamos da ideia. Minha mãe abriu a mala e sabíamos que de dentro dela surgiriam presentes.

No dia seguinte, acordamos cedo e fomos para Copacabana. Edna morava numa quitinete na rua Barata Ribeiro. Era uma mulher um pouco mais jovem que a minha mãe. A Edna tinha uma filha de dezesseis anos, a Melissa. A impressão que tive da Edna era de que ela vivia a cem quilômetros por hora, pois falava mil coisas ao mesmo tempo, não conseguia ficar parada e sempre emendava uma coisa na outra. Eu mesma não acompanhava nem metade do que ela dizia.

Minha mãe olhava para ela com admiração. As duas faziam planos de saírem juntas à noite pra dançar num lugar chamado Help. Foi nesse dia que escutei pela primeira vez a palavra gringo. Naquela euforia toda, quase não reconheci minha mãe. Deslumbrada com a Edna, que contava para ela sobre os estrangeiros europeus, americanos e italianos, os olhos de minha mãe brilhavam ao ouvir a amiga dizer que eles gostavam das pretas que nem ela. Gostavam de mulata, de bunda grande e que minha mãe se enquadrava em todos os requisitos.

O Augusto ficava incomodado quando a Edna falava daquele jeito, mas nunca dizia nada. Além disso, nem ela nem a minha mãe se importavam em falar aquilo na nossa presença. Num dado momento, a Edna olhou para mim e disse que os gringos também iam gostar muito de mim, tanto eu quanto a minha mãe tínhamos muito mais chances de conseguir um gringo com dinheiro por sermos pretas.

Eu, que sou branca desse jeito, tenho que rebolar muito mais que vocês para conseguir um, ela disse.

Minha mãe tomou aquilo como um elogio. No entanto, eu não gostava daquele jeito de falar dela. Além disso, eu olhava para Edna e não conseguia vê-la como uma pessoa branca, pois com o tempo a gente vai sendo forçada a distinguir as raças com mais precisão. Minha mãe disse que eu não me interessaria por nenhum gringo porque eu estava apaixonada e tinha um namoradinho, o Isaías. Edna perguntou quem era o Isaías. E minha mãe respondeu que era o filho de um pastor da igreja e que a coisa era séria. A Edna fez uma cara de estranhamento e falou que essa igreja só servia para enganar as pessoas, tirar o dinheiro delas, e que se fosse minha mãe já tinha cortado essa história.

Foi a primeira vez que o Augusto se atreveu a dizer alguma coisa, porque ele ia fazer treze anos, carregava a Bíblia como um pastor e achava que tinha autoridade no assunto. Meu irmão era um soldado de Deus.

A nossa igreja não engana ninguém, dona.

Minha mãe olhou para o Augusto e disse para ele ficar quieto. Onde já se viu falar daquele jeito. A Edna disse, deixa pra lá, Irene. Mas minha mãe não quis deixar pra lá e disse, colocando o dedo na cara dele, que ele era só uma criança, uma criança, entendeu. Que se quisesse ir à igreja, tudo bem, mas que não se metesse em histórias de adultos. Escutou, Augusto. E o Augusto deve ter escutado bem, porque minha mãe ficou terrivelmente braba com ele.

Em seguida, Edna chamou minha mãe e disse, vamos nos arrumar que a festa começa logo mais. Então eu, o Augusto e a Melissa ficamos sozinhos à noite enquanto nossas mães se divertiam na danceteria Help.

# 18.

De início, eu e a Melissa nos demos muito bem. Ela não era tão agitada quanto a Edna, mas gostava de falar bastante. Logo que começamos a conversa, ela me perguntou como era meu namorado e se a gente já tinha feito mais coisas além de beijar.

Augusto estava sentado próximo da gente, mas fingia que não estava prestando atenção. No entanto, eu sabia bem que ele estava de olho na gente, então disfarcei e disse que a gente não fazia nada de mais, e era verdade mesmo, o Isaías tinha tanto medo de pecar que toda vez que eu colocava minha mão perto do membro dele ele dava um jeito de se afastar.

Depois, fomos nós três para a janela. O apartamento ficava no décimo andar. A vista era bonita. Embora tivesse dezesseis anos, Melissa tinha jeito de ser bem mais velha, não na aparência, mas nas ideias que tinha. Melissa perguntava coisas estranhas para a gente:

Vocês já pensaram como seria bom voar como as pombas, ela perguntou.

Eu disse que nunca tinha pensado nisso. O Augusto também disse que não.

Melissa continuou:

Às vezes, eu penso em pular daqui só para ter a sensação do voo.

Mas se tu *fizer* isso, tu *morre*, disse meu irmão.

Melissa olhou para ele, e devo dizer que ela tinha um jeito de olhar como se soubesse algo grave sobre a vida. Parecia ter uma espécie de superioridade sobre nós.

Não tenho medo da morte, ela disse, voar é mais importante que morrer.

Tive receio daquela conversa. Em seguida, Melissa subiu no parapeito da janela, sentou e colocou os pés para fora. Nós não sabíamos como agir, e então ficamos estáticos, com medo de que ela fizesse algum movimento mais brusco. Melissa permaneceu ali por alguns instantes. Mas acho que ela percebeu nosso pavor e logo em seguida saiu da janela. Chamou a gente para irmos à sala, dizendo que tinha cigarros.

Eu e o Augusto arregalamos os olhos novamente.

Também tem uísque. Minha mãe anda saindo com um gringo.

Ela continuou ignorando nosso espanto:

Ele paga tudo pra ela. Eu acho isso tudo muito nojento. Mas não digo nada, porque minha mãe acha que sou doente. Eu também acho que tenho uma doença, mas não me importo. Não gosto de psiquiatras. Eu prefiro ler poemas. Vocês gostam de ler poemas, ela perguntou.

Eu disse que não, porque não me lembrava de ter lido algum poema na vida, talvez na escola.

Não seja por isso, ela disse.

Melissa foi até a estante e pegou um livro de capa dura, velho e um pouco rasgado. Abriu numa página e começou a ler:

124

A JAULA

Lá fora faz sol.
Não é mais que um sol
mas os homens olham-no
e depois cantam.

Eu não sei do sol.
Sei a melodia do anjo
e o sermão quente
do último vento.
Sei gritar até a aurora
quando a morte pousa nua
em minha sombra.

Choro debaixo do meu nome.
Aceno lenços na noite
e barcos sedentos de realidade
dançam comigo.
Oculto cravos
para escarnecer meus sonhos enfermos.

Lá fora faz sol.
Eu me visto de cinzas.

Não entendi o poema, mas tive vontade de chorar.
É da Alejandra Pizarnik, ela disse. Sabe quem me deu isso
para ler.
Não, respondi.
Foi o Saulo.
Quem é Saulo.

Meu professor de literatura. Somos namorados. Ele me disse que a poesia é a única maneira que temos para suportar a vida. Eu acredito nele porque a poesia me impede de querer voar pela janela como as pombas.

Depois de dizer aquilo, Melissa foi até um armário e pegou um cigarro. Acendeu e começou a fumar com desenvoltura. Ofereceu para mim e eu disse que não. Na verdade, eu só neguei por causa do Augusto, porque se estivéssemos sozinhas talvez eu tivesse aceitado.

Ficamos em silêncio.

Depois de algum tempo, voltei a falar:

Como se faz um poema, perguntei.

Melissa me olhou com certa gravidade, como se aquela pergunta fosse muito séria, e depois de uma baforada, respondeu:

Para escrever um poema, é preciso duas coisas: tristeza e ateísmo.

O que é ateísmo, perguntei.

Significa… Significa não acreditar em Deus.

Mas o que isso tem a ver com poesia, perguntei.

Não sei, mas algo me diz que acreditar muito em Deus não é bom para quem quer fazer poemas.

Ao dizer isso, Melissa encheu os olhos d'água e disse:

Eu sei que não devia, mas eu acredito Nele, e concluiu, Deus também já escreveu poemas.

Escreveu, perguntei com espanto.

Sim, Saulo disse que somos os poemas que deram errado. Somos a rasura, o rascunho e também o remorso de Deus.

Melissa me ofereceu o cigarro novamente:

Fuma, vai. Teu irmão não vai dizer nada pra tua mãe.

Augusto, que estava de cabeça baixa, disse entre os dentes que aquilo não estava certo, não estava.

Melissa se aproximou dele e depois perguntou se ele queria fumar também. Meu irmão nem se deu ao trabalho de responder e foi sentar-se na sala.

Depois perguntei se era verdade aquilo de ter um professor como namorado.

Melissa me olhou e sorriu. Talvez tenha me achado uma idiota ou coisa parecida.

Não gosto dos garotos. Prefiro os mais velhos, ela disse, por isso eu acho que você está perdendo tempo com esse Isaías.

Eu não quis comentar. Continuamos apenas olhando para o céu.

Depois eu disse que ia dormir. Melissa continuou na janela, olhando para baixo e fumando. E por algum motivo me senti triste ao deitar, e não sei dizer se era por causa da Melissa ou por causa do poema.

# 19.

Não vi quando a Edna e a minha mãe chegaram, mas de manhã ninguém acordou cedo, apenas eu. Minha mãe roncava um pouco. Fui para a janela e comecei a observar as pombas. Quando todos acordaram, Melissa estava transformada. Nada nela lembrava a menina da noite anterior. Nem eu nem o Augusto dissemos nada sobre a conversa que tivemos com ela.

Voltamos para a casa da madrinha, e dias depois fui convidada para almoçar na casa do Isaías como namorada dele. Minha mãe também foi convidada, mas como ela passava mais tempo em Copacabana, na casa da Edna, agradeceu e mandou dizer que não faltaria oportunidade para conhecê-los. Meus sogros não gostaram muito daquilo. Não disseram nada, mas dava para perceber a desaprovação nos olhos deles.

Isaías morava em São Cristóvão. Na casa estavam o Zaqueu, a esposa e os filhos. Isaías era o orgulho da família. Orgulho do pai. No início da janta, enquanto comíamos, Zaqueu perguntou o que minha mãe fazia mesmo. Para não dizer que ela agora andava indo na danceteria Help atrás de gringos, eu disse apenas que ela limpava casas. Zaqueu disse aleluia e rogou aos céus para que nunca faltassem casas para minha mãe limpar. Depois, perguntou sobre meu pai e eu menti que ele havia morrido. E o Zaqueu disse, sinto muito, e que Deus o tenha.

Durante a janta, Zaqueu me olhava e eu fugia dos olhos dele. Passou a dizer que aquilo sim era um namoro sério, que tudo estava se encaminhando para um noivado. Que o casamento ia ser bom pra mim, porque eu era uma neguinha muito bonita e que existe muito malandro mal-intencionado por aí. Que eu tinha dado sorte de ter encontrado um rapaz direito como o Isaías, honesto e respeitador, e que ainda por cima andava com Jesus no coração.

Isaías parecia satisfeito com aquele discurso do pai. A Marilaine, mãe dele, não dizia nada. Talvez por medo de alguma coisa. Eu nunca soube. Mas acho que há silêncios que não precisam ser explicados. O fato é que ela só olhava para o próprio prato e raras vezes dizia algo. Depois da janta, fomos para a sala assistir à novela. Nesse momento, Zaqueu narrava algumas cenas sempre dizendo que aquilo era uma pouca-vergonha, que a TV só podia ser coisa do demônio, mas que devíamos assistir, pois temos que conhecer o inimigo para combatê-lo.

Num certo momento, o Isaías levantou e me chamou para ir até a frente da casa. Zaqueu consentiu, alertando para termos juízo. A rua estava um pouco deserta. Escoramo-nos no muro pelo lado de dentro. Embora não gostasse tanto do Isaías, eu sentia vontade de ele colocar a mão na minha cintura e apertar um pouco.

Quando começou a me beijar, foi com respeito — não por mim, mas porque tinha medo de ser castigado por Deus ou porque tinha medo do pai. No entanto, não demorou muito para que Deus e o Zaqueu ficassem em segundo plano, porque a mão do Isaías passou a percorrer meu corpo, e também fui percorrendo o corpo magro dele. Nós ficamos naquela esfregação toda até a hora em que a Marilaine nos chamou para dentro.

# III. A MARGEM DIRETA

*Deus não joga xadrez.*
"Einstein remix", de Ricardo Aleixo

# 1.

Minha mãe praticamente havia se mudado para a casa da Edna. Mas disse que passaria o Natal com a gente e que tinha uma notícia boa para nos dar. Eu e o Augusto achamos que finalmente íamos voltar a morar juntos com nossa mãe em Porto Alegre. E aquilo me deu certa alegria por algum tempo.

No entanto, na noite de Natal, nossa mãe apareceu com um namorado. Logo em seguida, nos demos conta de que o namorado é que era a boa notícia. Chamava-se Rino. Rino era italiano. Minha mãe disse que o havia conhecido na boate Help. Rino não falava uma palavra em português, e a madrinha, o Padilha e eu nos sentíamos constrangidos por não sabermos nenhuma palavra em italiano — menos o Augusto, que não tinha achado nada de mais no gringo.

Naquela noite, Rino trouxe presentes para todo mundo. Para o Padilha, deu uma garrafa de vinho italiano. Para a madrinha, um perfume italiano. Para mim, uma sapatilha, e nesse momento minha mãe enfatizou que ele se preocupou em saber que número eu calçava para acertar o tamanho. Para o Augusto, deu um aviãozinho de montar e desmontar. Para o Ricardinho deu um carrinho de fricção.

Estávamos encantados com o Rino. Foi engraçado ver como todos tentávamos nos comunicar com ele. Não sei como Rino e a minha mãe se entendiam. Posso dizer que naquele Natal minha mãe estava tão feliz que nem lembrava aquela que pouco tempo atrás estava doente e triste. Olhei para as mãos dela. Estavam agora apenas manchadas. As feridas todas haviam secado.

Depois que passou o Réveillon, minha mãe nos deu a notícia: ia passar uns meses na Itália com o Rino. Na verdade, ela e a Edna iam para a Itália. Disse-nos que depois desses meses o plano era voltar e nos buscar. Minha mãe dizia aquilo muito comovida. Sentou-se do nosso lado e, nos abraçando um de cada lado, ficou dizendo que a nossa vida ia mudar, a nossa vida vai mudar, crianças, vai mudar. Dizia aquilo chorando. Nossa mãe não havia perdido aquela capacidade de continuar a fazer as coisas mesmo com lágrimas nos olhos, pois continuava dando conta da vida. Pediu um pouco mais de paciência, só mais um pouco. E nós dissemos que tudo bem, mãe, nós vamos esperar. Depois ela olhou especialmente para mim e disse:

Enquanto isso, Estela, eu quero que esse ano tu *volte* pra escola. Tu *tem* que estudar porque lá na Itália o ensino é muito forte. *Tem* que te preparar, ela disse.

Depois, me abraçou de novo e ficou repetindo que nossa vida finalmente ia mudar.

# 2.

Logo depois de eu completar quinze anos, começaram a surgir protestos contra o presidente Collor. Na época, eu não fazia a mínima ideia do que estava acontecendo no Brasil. Lembro-me de nos jornais da TV alguém falando em tirar o presidente por causa da corrupção. Recordo a primeira vez em que li a palavra *impeachment*: eu estava na escola, à noite, e quando fui à biblioteca vi a foto do Collor estampando a capa de um jornal e embaixo dele essa palavra.

Enquanto isso, depois que minha mãe foi para a Itália com o Rino, algumas coisas mudaram: voltei a estudar à noite numa escola em Copacabana, porque era um dos poucos colégios que ofereciam estudos para quem era retardatária como eu. A madrinha colocou o Ricardinho numa creche e eu comecei a trabalhar no salão com ela, o que foi ótimo, porque ela começou a me pagar um salário para eu limpar o salão, e eu comecei a ter um pouco de independência.

Continuei indo aos cultos com a madrinha, mas já não acreditava em metade das coisas que os pastores diziam. Meu medo de Deus havia enfraquecido. E devo dizer que, embora eu continuasse virgem, a essa altura, eu e o Isaías já tínhamos feito algumas coisas íntimas. Já tínhamos tocado um no corpo do outro, mesmo que por vezes eu me sentisse envergonhada.

Eu costumava contar essas coisas para a Melissa. Depois que a Edna foi para a Itália com a minha mãe, eu e ela nos aproximamos mais. Melissa foi morar na Tijuca com uma tia dela. Nós passamos a nos encontrar nos fins de semana no Jardim Botânico. Gostávamos de lá. Enquanto a maioria das adolescentes que conhecíamos ia para a praia ou para o shopping, eu e a Melissa gostávamos do Jardim Botânico. Melissa continuava esquisita, mas era justamente aquela esquisitice que me atraía nela.

Um dia, estávamos sentadas num banco. Melissa olhava para o chão, observando as formigas.

Olha, Estela, como trabalham.

Eu concordei.

Ela continuou: Eu tenho medo de formigas.

Por quê, perguntei.

Melissa não me disse na hora. Ficou olhando as formigas e só depois respondeu.

Tenho medo porque elas parecem que nunca vão morrer e eu tenho medo de coisas que não morrem.

Mas as formigas morrem, eu mesmo já matei algumas sem querer, eu disse.

Melissa voltou a olhar para as formigas e falou que ia me dar um conselho:

Estela, não seja sentimental, está bem. Nunca seja sentimental. A vida não respeita quem é sentimental.

Está bem, Melissa, eu não serei. Prometo.

Concordei com ela, embora não tenha entendido aquele conselho.

Voltamos a ficar em silêncio, mas talvez cada uma de nós tenha imaginado coisas diferentes. Eu tinha a impressão de que nunca conseguiria entendê-la.

Por que você acha que as formigas não morrem, perguntei.

Não estou falando de uma formiga, apenas. Estou falando de todas. As formigas são eternas, ela disse.

Depois, Melissa começou a chorar. Eu não entendia o que estava acontecendo. Ela me pediu desculpas e disse, limpando as lágrimas com as costas das mãos:

Eu e o Saulo terminamos.

Não sabia o que fazer. A única coisa que consegui dizer foi, que pena, sinto muito. Eu me senti uma idiota por não conseguir ajudá-la. Eu nunca conheci o Saulo e também não sabia se ele existia de fato, ou se era fruto da imaginação da Melissa. Mas sei que ela estava triste. Sei que ela achava que as formigas eram eternas. Eu também passei a achar que fossem.

# 3.

Quando voltei a estudar, algumas coisas começaram a mudar. Meu namoro com Isaías não parecia mais fazer sentido. Aos poucos, fui perdendo o interesse nele. Até a vontade de manipulá-lo perdeu força e graça. Saber que há uma pessoa sempre à nossa mercê não me parecia bom. Por uns dias fiquei bolando um modo de terminar. Pensei em simplesmente não dizer nada, ou então apenas parar de ir aos cultos. Foi o que fiz durante algumas semanas.

Um dia, minha madrinha me perguntou por que eu não estava mais indo à igreja, e eu disse que o trabalho no salão e a escola estavam me tirando muito tempo. Ela disse que tínhamos sempre que arrumar um tempo para Deus e começou a falar do Augusto. Que eu tinha de me espelhar no meu irmão, que ele era um exemplo de virtude a ser seguido. Deus não gosta de ovelhas desgarradas.

Tive vontade de dizer que eu não era uma ovelha e que já não me importava com o que Deus gostava. Mas eu ainda não estava preparada para dizer essas coisas.

Augusto estava cada vez mais parecido com o pastor Everaldo. Em poucos meses, meu irmão sofreu uma grande transformação. Agora, ele pregava em praticamente todos os cultos. Quando assumia a palavra, nem de perto parecia meu irmão, o que me deixava um pouco assustada.

Um dia, num culto, ele também conseguiu expulsar um demônio do corpo de uma moça. Aquela imagem ficou tão marcada em mim que, na primeira ligação que minha mãe fez da Itália, eu desandei a chorar dizendo que não queria mais ir à igreja ver o Augusto expulsando demônios das pessoas.

Minha mãe disse que não podia demorar no telefone; falou apenas que eu devia obedecer à minha madrinha e deixar de chiliques. E que eu não tinha o direito de julgar meu irmão. Ela disse que em breve estaria de volta para nos levar.

No dia em que terminei meu namoro com o Isaías, ele disse que eu só podia ter um demônio no corpo, que eu era má. Que eu e aquela louca da minha amiga Melissa tínhamos de ir para o inferno. Comecei a desconhecer o Isaías, porque ele passou a me ofender de todas as maneiras, dizendo que bem que o pai dele tinha dito que eu não passava de uma neguinha safada. Que eu só queria dar meu rabo e pronto, que ele tinha sido um idiota de me respeitar. Escutei tudo o que ele disse e depois o chamei de imbecil e que não tinha dado o rabo porque ele não sabia fazer nada com aquele membro pequeno dele. Terminei dizendo que ele nunca mais me veria na vida. Então, virei as costas e fui embora. Quando olhei para trás, Isaías estava parado no mesmo lugar. Acho que estava chorando.

# 4.

Voltei a me encontrar com a Melissa. Contei a ela sobre meu término com o Isaías. Ela disse que eu tinha feito muito bem, que aquele garoto era um atraso na minha vida. Às vezes, eu tinha a impressão de que a Melissa era uma espécie de mãe, eu tinha um pouco de inveja disso, mesmo que ela fosse apenas um pouco mais velha. Melissa era meu abrigo.

Naquele dia resolvi contar a ela sobre o que tinha nos acontecido em Viamão, da violência que sofremos aquela noite. Dos homens em cima da gente. Da dor e da humilhação. Depois que terminei meu relato, Melissa me olhou com tristeza e me abraçou.

Eu disse que ainda acreditava que aquilo só tinha acontecido porque não vivíamos na companhia de Deus. Melissa me olhou com tristeza novamente.

Deus não tem nada a ver com isso, ela disse, mas Ele devia ter ajudado vocês.

Eu concordei. Então ela continuou:

Deus precisa ser educado por nós, Estela. Às vezes, tenho a impressão de que Deus não é profundo. Acho que foi por isso que ele ensinou Jesus a caminhar sobre as águas. Deus não sabe mergulhar.

Nós rimos.

De alguma forma aqueles pensamentos da Melissa me assombravam, mas ao mesmo tempo eu necessitava deles.

Como se faz para educar Deus, perguntei. Eu nem sou mãe.

Ninguém precisa ser mãe para educar, ela disse. Quem educa são as pessoas que sofrem.

Melissa pegou minha mão e continuou:

Vem, Estela, vamos chorar por Ele.

Fiquei olhando para ela e disse:

Melissa, acho que você errou. O certo não seria dizer: orar por Ele, perguntei.

Não. É o choro mesmo. O pranto é a primeira lição que Deus deve aprender.

Não quero chorar, Melissa, me desculpe. Não quero ficar triste.

Pois então eu choro por nós duas. Toma, pega este livro, leia um poema pra mim.

Abri o livro e li um poema.

Quando terminei, estávamos nós duas chorando. Não sei se estávamos educando alguém com aquilo. Acho que estávamos apenas tentando nos curar da vida. Acho que eu e a Melissa queríamos partilhar a mesma solidão. Como se pudéssemos nos unir para lidar com a tristeza.

# 5.

As coisas começaram a melhorar quando voltei a estudar. Em pouco tempo, meu círculo de amizades se ampliou. Agora a realidade me agradava mais que os sonhos. Não sabia mais se ainda queria ser filósofa, mas pensar na vida me fazia bem. As aulas de que eu mais gostava eram as de sociologia, literatura e filosofia. No início, eu não dizia nada durante as aulas, mas depois fui me sentindo mais à vontade para falar.

Na sexta-feira, depois da aula, me acostumei a sair com meus colegas. Com eles, tomei cerveja pela primeira vez. Dei risadas. Nessas conversas, conheci muitas pessoas. Uma delas foi o Francisco.

Eu sabia pouco do Francisco. Mas ouvira dizer que ele tinha sido casado uma vez. Francisco morava no morro do Vidigal. De dia, trabalhava numa ferragem, no largo da Carioca. Parou de estudar por alguns anos, mas agora queria retomar para poder fazer uma faculdade de administração de empresas. Seu sonho era abrir um negócio próprio. Francisco gostava de ler e também gostava de pensar sobre a vida.

Nas sextas-feiras, na saída da escola, quando íamos num bar com os outros colegas, Francisco puxava papo comigo, e eu gostava do jeito como ele falava: era delicado, inteligente e me fazia rir. Não era bonito, mas eu não ligava muito para isso.

Quando contei à Melissa sobre o Francisco, ela disse que não era homem para mim. Que nós merecíamos coisa melhor, porque éramos bonitas e profundas. Talvez Melissa tenha pegado implicância com o Francisco depois que lhe contei o que ele havia dito sobre Porto Alegre: viver numa cidade que não tem o mar por perto deve ser uma coisa terrível e triste. Ficar esperando o ano inteiro para ir a uma praia não deve ser bom para a saúde. Melissa retrucou: esse Francisco não sabe é de nada mesmo. Eu não conheço Porto Alegre, mas acho que às vezes a expectativa do mar é mais importante que ir até ele. Melissa também alertou para que eu não me enganasse, porque o amor não existe. O amor é uma ficção da nossa cabeça. Disse que descobriu isso num livro chamado *Dom Casmurro*. Que tudo que importa são as provas do afeto. O amor não existe, Estela.

Confesso que me senti triste com aquilo. Melissa dizia coisas para me educar, eu sabia. Mas eu também acho que Melissa precisava ser educada.

Outro dia, quando conversávamos sobre religião, contei a ela quando íamos com nossa avó nas casas de umbanda. Eu disse:

Melissa, tenho vontade de incorporar. Agora não tenho mais medo. Sonhei com Oxum e ela me pediu para descer à terra, disse que precisa vir para revelar um segredo.

Um segredo sobre nós, perguntou.

Não, acho que não. É um segredo sobre ela mesma.

Não entendi, Estela.

Oxum quer me incorporar para saber quem ela é.

Quando disse isso, Melissa encheu os olhos d'água e falou que iríamos a um terreiro. E que essa Oxum haveria de ser a mais linda que já se viu.

Na semana seguinte, fomos ao terreiro da mãe Teresa, em Magalhães Bastos. Era onde ela e a Edna costumavam ir. Passamos mais de uma hora dentro do ônibus para Bangu. O sol quente e áspero não nos intimidou.

A casa era grande. Muitos filhos de santo já haviam chegado. A mãe Teresa veio nos receber. Cumprimentou Melissa e perguntou quem eu era.

Uma grande amiga, mãe Teresa.

Seja bem-vinda, minha filha.

Ela veio porque teve um sonho com Oxum. Ela quer descer no corpo dela.

A menina já trabalha com orixás, perguntou mãe Teresa.

Eu disse que não, que antes eu era da igreja, mas que agora eu sentia outras necessidades.

Mãe Teresa ficou me olhando séria. E depois disse que os orixás não descem assim, de uma hora para outra. Era preciso uma preparação, um desenvolvimento.

E o que tenho de fazer então, perguntei.

Vir aqui já é alguma coisa, ela disse, sorrindo.

Quando os tambores começaram, meu corpo todo estremeceu. Os cantos eram fortes e vibrantes. Tinha a impressão de estar entrando em outra dimensão. Outro mundo se apresentava para mim. Naquela noite, Oxum não veio porque eu ainda não estava preparada para ela.

# 6.

Certa vez, o Isaías apareceu na frente da escola na hora da saída. Estava vestido de pastor: terno, gravata e uma Bíblia embaixo do braço. Pela primeira vez, senti vergonha de ter de ir falar com ele na frente dos meus colegas.

Perguntei o que ele estava fazendo ali. Ele disse que tinha ido me buscar porque precisava falar comigo. Eu disse que não queria mais conversar, que ele tinha sido muito grosseiro comigo. Isaías me pediu desculpas e perguntou se ele pelo menos poderia me acompanhar até a parada.

Olhei para ele e senti pena. Então, por compaixão, aceitei. Fomos caminhando lado a lado, em direção à parada de ônibus. Isaías caminhava devagar, como se quisesse ganhar tempo comigo. Depois, de cabeça baixa, disse que estava arrependido de ter dito aquelas coisas para mim. Pediu desculpas novamente. A parada estava deserta, o vento estava para chuva. Então, olhei para ele e disse que o desculpava, com a condição de que ele não me procurasse mais, e que ele não precisava me acompanhar até em casa. Nesse momento, Isaías chorou e disse que me amava; que se eu quisesse, ele faria tudo por mim, como das primeiras vezes. Eu pensei que, se eu chorasse também, ele poderia se sentir melhor. Mas não fiz isso. Logo em seguida, o ônibus chegou. Dei um abraço nele e subi. Passei na roleta e, quando olhei pela janela, Isaías já não estava mais lá.

Naquele dia, quando cheguei em casa, minha madrinha estava sentada no sofá, olhando umas fotos. Parecia triste. Estava sozinha. Eu disse oi e perguntei se estava tudo bem, mas ela não respondeu. Apenas continuou olhando para uma foto, como se nem percebesse a minha chegada. Sentei ao seu lado e perguntei, o que foi madrinha.

Ela virou o rosto para mim e pude ver que havia chorado um pouco. Depois, apontou para a foto que segurava:

Essa aqui era eu com dezenove anos.

Na foto, a madrinha estava sorrindo, envergonhada, com um vestido de chita, junto com os outros irmãos. Era uma foto em preto e branco.

Eu era tão bonita, ela disse.

Pensei em dizer que ela ainda era bonita, mas poderia soar falso, pois a tristeza na velhice nunca me parece uma coisa bonita.

Eu também vou ficar velha, madrinha, eu disse.

Mas você tem toda a vida pela frente, ainda pode ser muita coisa.

A senhora também pode ser muita coisa.

Nesse momento, a madrinha me olhou:

Você acha mesmo, filhinha.

Acho, sim.

Você é tão inocente, Estela. Não conhecer a vida é tão bom.

Mas eu conheço.

A madrinha me olhou novamente e acho que teve vontade de chorar.

Não tenha pressa, minha filha.

Não tenho pressa, madrinha. Tenho necessidade.

Ficamos quietas por um tempo e em seguida ela se animou um pouco, pegou outra foto e disse:

Esse aqui foi meu primeiro namorado, o Arthur. Era militar. Rapagão. De boa família. A gente só namorava de andar de mão dada, sabe. Não fizemos nenhuma safadeza. Mas às vezes… Que Deus me perdoe, e me desculpe, filhinha, por te dizer isso, mas você já é uma moça e pode ouvir essas coisas… Mas às vezes eu sonho com o Arthur na minha cama. Às vezes, quando o Padilha está comigo é no Arthur que eu penso.

Ao dizer isso, olhei mais de perto o rosto da madrinha e vi que a boca estava machucada e um pouco inchada.

Madrinha, o Padilha…

O Padilha é um bom marido, filhinha… Não quero que você se meta nisso, está bem. Às vezes, ele fica nervoso. Na igreja, o pastor nos disse que os homens são assim mesmo: violentos por natureza, porque são acostumados a lidar com as guerras, e que nós, mulheres, temos a obrigação de acalmá-los. Nós somos o porto seguro deles.

Mas madrinha, eu acho que Deus não ia permitir uma coisa dessas, eu disse.

Às vezes penso que Deus não tem memória, Estela. Deus tem lampejos. Às vezes, Ele se esquece de nós, mulheres. É por isso que vou à igreja: para rezar e lembrá-lo de que existimos.

Embora não fôssemos muito de afetos, decidi abraçar minha madrinha. Eu senti uma lágrima dela no meu ombro. Depois, ela se afastou devagar e continuou me mostrando outras fotos do Arthur. Então eu perguntei se o Arthur não tinha um irmão, porque se eu vivesse naquele tempo ia querer um namorado daquela família também.

A madrinha sorriu. Um sorriso machucado, mas ainda era um sorriso.

# 7.

Outro dia eu comentei com o Francisco sobre aquilo de o coração ter margens. Dessa coisa incrível que temos no meio do peito e que nos mantém vivos. Ele sorriu e disse que as pessoas sofrem ataques cardíacos por não ter disciplina no coração. Que não adianta nada ter uma margem forte se não sabemos administrar a nossa tristeza. Gostava de ouvi-lo falar essas coisas.

Eu sentia vontade de contar para alguém sobre meu afeto por Francisco. Fiz um grande rodeio antes de dizer à Melissa:

Acho que quero namorar o Francisco, eu disse.

Ele é um velho, disse Melissa.

Eu não acho ele tão velho assim.

Não consigo imaginar vocês transando.

Transar, perguntei com espanto.

Sim, você acha que um namoro termina onde.

Fiquei pensando naquilo. Talvez eu tenha gostado do Francisco porque ele era inteligente. Ainda não havia passado pela minha cabeça a ideia de transar. Acontece que, em pouco tempo, Francisco passou a ser meu confidente. Uma ligação terna e verdadeira se estabeleceu entre nós. Com ele, eu sentia que podia dizer coisas que se passavam dentro de mim. Começávamos falando sobre o tempo. Depois, da infância, da família, do fim das coisas e, por vezes, eu me esquecia da grande diferença de idade que havia entre nós. Um dia, perguntei a ele se achava que as formigas eram eternas. Eu me senti inteligente ao perguntar aquilo. Ao contrário do que pensei, Francisco não se espantou com minha pergunta. Também não teve pressa em me responder. Disse que precisava pensar sobre aquilo. Achei bonito. Na época, eu não sabia, mas não estava me apaixonando pelo Francisco. Na verdade, eu estava me apaixonando pela possibilidade de ser profunda com alguém.

Quando eu chegava em casa, minha madrinha perguntava por onde eu tinha andado. Eu mentia que estava com a Melissa. Não sei se era pior, pois ninguém gostava da Melissa, principalmente depois que meu irmão falou o que ela costumava fazer e falar. Mas eu não me importava. Augusto parou de falar comigo depois que saí da igreja.

Às vezes, à noite, quando eu me deitava e me assegurava de que todos estavam dormindo, costumava levar meus dedos até o meio de minhas pernas, descobrindo lugares que Deus me havia proibido de conhecer. Sentia-me dona do meu próprio corpo. Dedilhava-me com cuidado e, com a outra mão, ora segurava as coxas, ora os seios. Pensava nos beijos com Francisco. Eu tinha receio e prazer em imaginar Francisco dentro de mim.

No entanto, não demorou muito para que isso acontecesse. Na primeira vez que nos beijamos já não sentia aquele enjoo que havia sentido com o Isaías. Francisco era firme e ao mesmo tempo delicado ao me tocar. Eu prestava atenção em cada movimento dele, e foi difícil não compará-lo com o Isaías.

À medida que o tempo passava, os beijos foram ficando mais intensos. Houve um dia em que estávamos na rua e foi a primeira vez que tive vontade de fazer mais coisas com ele. Eu gostava quando ele apertava meus seios e percorria as mãos até chegar no meio das minhas pernas.

Francisco não se surpreendeu quando lhe disse que era virgem. Também gostei dessa reação. Nesse dia, ele me colocou no colo e perguntou se eu gostava dele de verdade. Eu disse que sim. Perguntou se eu confiava nele. Eu disse que sim. Eu sabia onde aquela conversa estava nos levando. E ali, sentada em seu colo, pude sentir o membro dele crescendo dentro da calça. Gostei da sensação de ter algum poder sobre seu corpo.

Em seguida, olhei para ele e disse, você tem quase a idade do meu pai. Francisco riu e falou que eu era exagerada, e depois disse que o amor não tem idade. Achei aquilo terrivelmente piegas. Nós rimos daquilo. Depois, comecei a fazer movimentos circulares no colo dele. Sentia-me desajeitada, por vezes tinha um pouco de vergonha. Logo a ideia de que estava cometendo um pecado surgiu. Mas eu não queria retroceder. Eu queria ir adiante. Ir além da fronteira que Deus havia posto em meu corpo. Eu queria envelhecer através do meu sexo. Num certo momento, eu mesma me levantei e pus minha mão em seu membro. Queria descobrir como seria tê-lo dentro de mim. Entender por que meu corpo o excitava. Muitas vezes imaginei aquele momento. Achei que o sexo era também uma forma de experimentar o mundo.

Então, quando Francisco entrou em mim, achei que o corpo inteiro havia entrado junto. Senti um espanto interno. Algo me dizia que naquele momento eu estava ultrapassando aquela fronteira; no entanto, talvez eu não estivesse preparada para ela. Sentia uma espécie de maturidade improvisada. Como se minha infância estivesse agonizando. Criança no abismo. Parei de prestar atenção nos beijos. Pensei no que estava acontecendo no meio das minhas pernas. Toda minha vida parecia estar resumida naquele pequeno lugar onde o membro de Francisco entrava e saía. No início, devagar, e aos poucos acelerando. Ele apertava minhas coxas e beijava meus seios. Meus braços ensaiavam algum movimento, mas eu não sabia bem o que fazer com eles.

Quando terminamos, Francisco saiu de cima de mim, e antes que eu pudesse dizer algo, ele falou: nós vamos casar, Estela, nós vamos casar. No mesmo instante, tive vontade de chorar, pois subitamente a lembrança de quando morávamos em Viamão reapareceu: a lembrança daquele homem em cima de mim. Francisco percebeu minha tristeza e perguntou se eu estava bem. Menti dizendo que sim. Apenas pedi para que ele me abraçasse. Francisco me apertou com força, e eu gostei daquilo. Depois, senti que um líquido escorria pela minha perna. Me sentia suja. Mas não sentia nojo, nem arrependimento. Eu estava apenas triste.

Fui tomar banho. Enquanto me olhava no espelho eu ainda avaliava se aquilo tinha sido bom. Entrei no chuveiro e o prazer da água quente me fez pressentir que poderia ter sido melhor. Não disse nada ao Francisco porque não quis magoá-lo. Quando comparei com o prazer que eu sentia quando me tocava sozinha, percebi que poderia ter sido melhor. Sem dúvida, deveria ter sido melhor.

# 8.

Quando minha mãe voltou da Itália, eu não contei nada a ela sobre minha história com Francisco, embora soubesse que seria apenas uma questão de tempo. Sabia que os vizinhos já andavam comentando sobre meu comportamento e talvez até já tivessem me visto com o Francisco em algum lugar. Mesmo assim, eu não estava com medo de que ela descobrisse.

No aeroporto, minha mãe chegou muito feliz; estava sozinha e com muitas malas e sacolas. Perguntei da Edna, mas minha mãe desconversou. Augusto tinha crescido bastante, a voz oscilava entre o grave e o agudo.

Minha mãe continuava bonita. Não parava de nos abraçar e beijar. Disse que tinha um monte de coisas para a gente na mala. Que agora íamos matar nossas saudades. Perguntou como estávamos. Augusto disse que tinha passado para o ensino médio e que agora na igreja ele já fazia pregações, igual aos outros pastores. Percebi que minha mãe fez um esforço para dizer que aquilo era uma notícia boa. Depois, virou-se para mim.

E você, minha filha, está linda, sabia.

Minha mãe disse aquilo de uma forma muito amável. Quase contei a ela que eu já não era mais virgem, que tinha conhecido o Francisco e que queria que os dois se conhecessem. Mas algo me dizia que ainda não era o momento.

Nossa mãe perguntou se estávamos com fome. Nós dissemos que sim. Então, ela nos olhou com muito prazer e disse: escolham onde querem comer, crianças. E ouvir aquele "crianças" dela era muito bom porque sabíamos que a felicidade estava presente.

Caminhamos pelo aeroporto à procura de um lugar para comer, e o fato de nossa mãe ter dito que poderíamos escolher qualquer lugar quase nos paralisou. Pensei que tantas vezes não tínhamos nem dinheiro para uma passagem de ônibus e agora minha mãe estava ali, recém-chegada da Europa, nos oferecendo qualquer lugar para comermos.

Escolhemos uma pizzaria, uma das mais caras que tinha. Quando olhei o valor do cardápio, eu disse: mãe, podemos ir a outro lugar se você quiser. Minha mãe até ficou ofendida e disse que eu não tinha que me meter nisso. Que agora ela tinha dinheiro para pagar. Enquanto esperávamos o pedido, minha mãe desandou a falar sobre a Itália e os italianos, sobre a vida lá e os costumes deles. Disse também que passara um mês na ilha de Sardenha com o Rino, que aquela praia tinha sido a coisa mais bonita que já vira na vida.

Contou que certa vez uma menininha bem branquinha de olhos azuis se aproximou e passou o dedo no braço dela para ver se minha mãe era pintada, porque as crianças lá fora não estavam acostumadas a ver gente preta por perto. Tu *tinha* que ver, Estela, as pessoas me olhando. Aonde eu ia, ouvia cochichos, às vezes apontavam para mim. Eu não sabia o que eles falavam. Um dia, perguntei ao Rino, e ele me disse, num português enrolado, que não era nada, que não precisava me preocupar, que aquilo era pura inveja daquelas branquelas sem sal e sem bunda. Só sei que eu me tornei a atração da Sardenha. Rino nem se incomodava com nada; pelo contrário, gostava de me exibir para todo mundo.

Quando a pizza chegou, minha mãe se incomodou porque a atendente a interrompeu. Depois, com um pedaço de pizza na boca, minha mãe olhou para mim e disse:

Tu, minha filha, com esse corpão todo, ia fazer muito sucesso lá também.

Eu não respondi nada. Por algum motivo não gostei daquilo. Eu tinha pouca idade, mas já sabia que não queria ser apenas um corpo. Eu queria ser filósofa. Fazia três meses que não via minha mãe, mas parecia muito mais. Augusto permanecia quieto, talvez incomodado com aquela conversa. Então, perguntei onde estava o Rino. Minha mãe disse que ele ficou na Europa, e que em breve íamos todos para a Itália, morar em Nápoles. Nesse instante, minha mãe pegou um mapa desses de guia turístico da Itália e nos mostrou onde ficava a cidade e o bairro onde o Rino morava. Disse que tínhamos de levar casacos muito grossos, porque o frio lá era muito rigoroso.

Nesse momento, até o Augusto resolveu se animar um pouco, e minha mãe desandou a falar e a comparar tudo, dizendo que aqui no Brasil estava tudo errado, que nem presidente a gente sabia escolher direito, olha só esse tal de Collor, um grande ladrão, e que lá ninguém rouba porque as pessoas têm consciência e são ricas.

Na hora de pagar a conta, minha mãe pediu para eu segurar o casaco dela. Abriu a carteira e ficou contando o dinheiro. Pagou e ainda deu uma gorjeta para a atendente. Nós estávamos muito orgulhosos da nossa mãe. Eu me comovi porque ela tinha cumprido a promessa de mudar nossa vida. Depois, ela comprou umas fichas e foi até um orelhão, mas não nos disse para quem ligou.

Quando voltou, fomos em direção ao táxi. Então, num determinado momento, minha mãe parou de novo, abriu a carteira e ficou olhando para dentro dela como se tivesse se lembrado de algo. Disse que precisava ir numa casa de câmbio trocar dinheiro italiano por brasileiro. Acontece que não vimos nenhum dinheiro italiano na carteira dela, e mesmo assim ela disse que faria isso depois. Então tivemos de ir para a parada e pegar um ônibus até o centro da cidade, pois ali nenhum ia direto para o Méier.

Não preciso dizer como foi terrível entrar num ônibus cheio com aquele monte de malas, sem contar os olhares curiosos em cima da gente, porque minha mãe estava muito bem-vestida, muito bem maquiada e destoava do restante dos passageiros. No segundo ônibus, minha mãe ficou contando as moedas para pagar nossas passagens, mas só tinha dinheiro para duas, e meu irmão, com aquele tamanho todo, teve de passar por baixo da roleta. Nós três ignoramos a cara feia do cobrador.

Augusto se sentou num banco e eu e minha mãe, em outro. À medida que o ônibus avançava em direção ao Méier, minha mãe modificava a fisionomia. Nada mais lembrava aquele entusiasmo da chegada. Quando olhei novamente para seu rosto, percebi que ela estava chorando. Perguntei: o que foi, mãe. Ela disse: nada não, Estela, nada não. Depois, ficou com os olhos parados no ar, como se estivesse perdida. Mais tarde eu me daria conta de que eu já estava me tornando uma filósofa porque tinha aprendido a observar. Talvez tenha sido a vida ou mesmo a falta de Deus que me deixou mais atenta. Então, comecei a compreender o que estava acontecendo ali. Minha mãe estava triste, o seu olhar a transformara numa criança. Mesmo com toda a experiência, mesmo fazendo milagres cotidianos, minha mãe parecia uma criança. Entendi que a tristeza nos faz regressar à infância. No fundo, sempre queremos voltar ao útero. Porque há um momento em que as mães se tornam filhas das filhas. Foi então que tomei coragem e perguntei se nós íamos mesmo morar na Itália como ela tinha dito.

Minha mãe não respondeu de imediato e tive medo de que, pela primeira vez, ela não conseguisse mais fazer as coisas mesmo tendo lágrimas nos olhos. Em seguida, ela me olhou e disse, quase murmurando, que não íamos para Nápoles, que aconteceram algumas coisas na Itália, que ela não podia contar nada ainda. Mas que um dia, quando eu tivesse mais idade, eu entenderia melhor. Ainda disse que tinha gastado todo o dinheiro que restou na pizzaria do aeroporto, mas que não estava nem um pouco arrependida, porque agora ela tinha saúde e vontade de trabalhar.

Depois, foi limpando as lágrimas e disse que iríamos voltar para Porto Alegre, porque tínhamos nossos parentes por lá, e que seria mais fácil dar conta da vida. Quando estávamos chegando ao Méier, nossa mãe novamente pediu que tivéssemos um pouco mais de paciência, que ela iria primeiro a Porto Alegre, ajeitar as coisas, e que em seguida nós iríamos também. Quando descemos do ônibus com aquelas malas, tive a impressão de que nossa vida sofreria mais um revés.

# 9.

Semanas depois, no mesmo dia em que minha mãe voltou para Porto Alegre, nossa vizinha Julieta bateu na porta e disse que tinha um recado do meu pai, que havia ligado e precisava falar comigo à noite.

Acho que tentei, mas talvez eu nunca tenha me acostumado com essas atitudes do meu pai, de desaparecer e reaparecer sem mais nem menos, dessa coisa de só às vezes lembrar que tinha uma filha. Pensei em não falar com ele porque no fundo minha mãe tinha razão em dizer que meu pai não merecia um pingo das minhas lágrimas.

Depois da escola, fui a um orelhão e liguei para a Melissa. Conversamos um pouco sobre ter pai. Melissa disse que nem sabia o que era isso porque não chegou a conhecer o seu.

Os homens são covardes, Estela. Porque não suportam ver o fim da vida por perto.

Não entendi, Melissa.

Quando um filho nasce, a morte de um pai também vem

junto, porque eles sabem que são os filhos que vão enterrá-los um dia.

Eu nunca pensaria uma coisa dessas, Melissa. Queria ser inteligente como você.

Melissa riu e disse que nós duas éramos inteligentes porque queríamos compreender a vida.

Minhas fichas estão terminando. Tenho de desligar.

À noite, fui até a casa da Julieta. Enquanto esperava o telefonema, perguntei a ela se me deixaria pegar um livro da sua estante. Ela disse que sim, mas que tomasse cuidado porque ela tinha alguns livros raros e já não os lia para não estragá-los, e que os livros tinham pertencido ao marido falecido. Eu disse que tomaria cuidado. Então me levantei e passei os olhos nos títulos, até chegar no *Perto do coração selvagem*. Tomei-o nas mãos. Folheei. Iniciei as primeiras linhas. Achei confuso; no entanto, algo nele me atraiu e continuei lendo.

O telefone tocou no horário combinado. Meu pai, do outro lado da linha, tinha a voz de quem parecia ter acordado recentemente. Reconheci aquele oi, filha lacônico dele. Minha irritação com meu pai começava ali.

Respondi oi e perguntei se estava tudo bem. Também não perdi tempo perguntando muita coisa, porque ele nunca mais tinha entrado em contato comigo. Na verdade, eu queria que aquela ligação terminasse logo, mas meu pai perguntou como eu estava, disse que sentia saudade, que não tinha visto o tempo passar e que agora morava sozinho no morro Santa Teresa, em Porto Alegre, numa casa grande de dois quartos, toda equipada com tudo o que havia de melhor.

Eu só respondia, que legal, pai, sem demonstrar nenhuma animação. Não sei se meu pai não percebia isso, ou se fingia mesmo. Houve um momento em que ele não sabia mais o que dizer, porque não tínhamos nada mais a dizer. Um silêncio desolador permaneceu por alguns instantes entre nós, e só foi quebrado quando ele disse em voz mansa que estava com um tumor no fígado, que estava muito doente e sozinho, e que precisava agora da minha ajuda. Minha única reação foi dizer: como isso aconteceu, pai. Depois daquela pergunta comecei a me sentir como se fosse um monstro. A culpa bateu tão forte que senti uma dor aguda no estômago.

Meu pai foi me explicando tudo que tinha acontecido com ele, das idas ao hospital, dos exames, das conversas com os médicos, da ingratidão da família, que nunca o tinha procurado para nada, que ele ia morrer sozinho por pura negligência familiar. Ouvindo aquilo, comecei a me sentir um lixo por não querer saber do meu pai. Enquanto ele continuava o relato, fui mentalmente reorganizando minha vida e pensando em abandonar tudo para ir cuidar dele.

No entanto, quando voltei a prestar mais atenção no que meu pai relatava, ouvi dele a palavra *benigno*. Eu disse, o quê, pai. Não entendi o que você falou. Meu pai repetiu: que ele tinha tido um tumor benigno, e que ele estava tomando medicação, que já estava até se recuperando do susto, mas que mesmo assim não diminuía o sofrimento de ser sozinho, de estar abandonado, porque a velhice tinha chegado rápido demais pra ele. Que achava um absurdo ter uma filha que não dava a mínima para o sofrimento dele; que um dia ele morreria e eu ia sentir uma culpa tremenda por ter sido indiferente, por nunca saber o que é ter afeto por um pai; que não me culpava por isso, mas que eu já estava bem grandinha e já sabia discernir o que era certo ou errado.

Esperei que ele terminasse as lamúrias. Esperei o silêncio constrangedor, e depois, com disciplina no coração, aproximei minha boca o máximo que pude ao telefone disse: Pai, eu quero te pedir uma coisa.

Ele disse que eu podia pedir o que quisesse.

Eu não quero mais que o senhor ligue para mim. Eu não quero mais que o senhor me procure.

Eu disse aquilo com uma voz que quase não reconheci. Meu pai permaneceu em silêncio.

Eu também.

Não nos despedimos. Não dissemos nada. Ouvi apenas o barulho do telefone desligando do outro lado. Quando virei para trás, a dona Julieta me olhava um pouco triste. Não perguntou nada. Nesse momento, olhei para o sofá e perguntei a ela se eu poderia levar o livro *Perto do coração selvagem* emprestado. Dona Julieta disse que sim, e nem ousou pedir que eu cuidasse bem dele. Agradeci e disse boa-noite.

# 10.

Eu não senti nada no início. Apenas parei de menstruar. A primeira pessoa que pensei em procurar foi Melissa. Perguntei a ela se eu deveria me preocupar com isso. Ela me olhou com espanto e disse:

É lógico que tem que se preocupar, você não tomou nada pra evitar, ela perguntou.

Eu disse que não. Que nunca tinha ido num médico ginecologista. E que confiava no Francisco. Melissa era sempre muito impaciente com as pessoas, mas comigo era diferente. Lembro-me da imagem dela respirando fundo e dizendo:

Olha, vamos numa farmácia ver isso. Eu tenho dinheiro para comprar o teste. Se der positivo, a gente faz o de sangue pra confirmar.

Eu disse, está bem.

Mas estava apavorada, pois a possibilidade da gravidez virou uma tragédia para mim. Enquanto caminhávamos, pensei em minha mãe. Ela nunca havia me dito como se sentiu ao descobrir que estava grávida de mim. Será que ela estava feliz, perguntei-me. Eu me doía ao pensar que não queria uma criança dentro da minha barriga. Logo a seguir, tive um medo maior: Deus. Tinha medo de ser punida pelos meus pensamentos porque eu não queria estar grávida de um filho. Eu queria estar grávida de ideias.

Fomos à farmácia. Melissa demostrava ter experiência no assunto. Depois, para mostrar confiança, falou que já tinha ficado grávida uma vez, mas abortou. Não sei se aquilo era verdadeiro, ou se era apenas para me acalmar. Compramos o teste. Entramos numa galeria em Copacabana. Fomos ao banheiro, e Melissa me explicou como funcionava o teste. Entrei na cabina. Fiz xixi em cima do palito como ela tinha mandado. Sequei-me e coloquei a calcinha. Saí da cabina e depois fiquei esperando para ver se o palito mudava de cor.

Deixamos a galeria em silêncio. A imagem da minha mãe nunca foi tão nítida. Eu disse que precisava voltar para o salão da madrinha. Melissa me disse que eu podia contar com ela para qualquer coisa. Dias depois, fomos ao médico e fiz o exame de sangue.

Quando abri o envelope, Melissa estava ao meu lado. Disse que, se eu quisesse, ela me conseguia uns comprimidos para abortar. Falou que o Saulo podia nos ajudar nisso. Olhei para ela com tristeza. Agradeci por tudo, mas a palavra aborto me deu uma espécie de pavor. Abraçamo-nos. Eu disse que ia procurar o Francisco. Melissa me olhou com afeto e disse que era bom mesmo falar com ele, mas que no fim das contas quem tinha de decidir era eu.

A sensação de ter uma criança dentro de mim foi se tornando assustadora e violenta. Pela primeira vez, coloquei a mão na barriga e pronunciei a palavra *filho*. Senti uma dor no estômago. Um medo do mundo e de Deus se tornou mais presente. Por alguns instantes, voltei a pensar em minha mãe, no que ela me diria, pensei também que todo receio dela se concretizara. Não mantive as pernas fechadas, ela ia me dizer. E fiquei repetindo: não mantive as pernas fechadas. Então, na frente do espelho, soquei minha barriga. Dei algumas pancadas e disse que não queria aquele filho. Bati até sentir uma dor aguda. Bati porque eu não queria passar por tudo que minha mãe passara. Eu não queria ser como ela. Eu não queria aquilo de continuar a vida mesmo tendo lágrimas nos olhos. Eu não queria que milagres fossem uma condição para continuar vivendo. Eu não queria ter as mãos esbranquiçadas de feridas. Eu não queria.

# 11.

Dias depois, saltei no largo da Carioca. Atravessei a praça e me sentei num banco próximo da loja de ferragens onde o Francisco trabalhava. Era perto do meio-dia. Fiquei esperando até ele sair. Enquanto isso, continuei com a mão na barriga. Pronunciei a palavra *mãe*. Olhei para algumas mulheres que iam e vinham. Observava-as e tentava imaginar o que elas fariam no meu lugar. O dia estava nublado e úmido, mas tive a impressão de ter entrado num deserto.

Francisco se sentou ao meu lado. Parecia feliz em me ver. Disse que naquele dia poderia ficar mais tempo fora da loja, pois o patrão tinha viajado. Depois, me perguntou o que tinha acontecido e se eu não devia estar trabalhando naquele horário. Eu disse que não estava passando bem e pedira para sair um pouco.

O que você tem, Estela, ele perguntou.

Então, sem muitos rodeios, como fazia minha mãe quando queria dar alguma notícia ruim, eu disse que estava grávida.

Francisco não se mostrou surpreso, nem preocupado; apenas me olhou e repetiu a palavra *grávida*. Depois, levantou-se e perguntou se a gente podia ir para algum outro lugar. Eu disse que sim, e quando levantamos Francisco parou, virou-se e disse: então vou ser pai agora. E sorriu. Em seguida, me abraçou e falou que estava feliz com a notícia, que tudo ia dar certo. Colocou a mão no meu ombro e repetiu que tudo ia dar certo.

No restaurante, Francisco me tratou como uma doente: puxou a cadeira para mim e segurou meu braço, como se eu fosse uma idosa. Depois, perguntou o que eu queria comer. Eu disse que precisava pensar. Ele não entendeu. Francisco perguntou quem mais sabia da minha gravidez. Eu disse que só a Melissa, porque foi ela quem me ajudou a fazer o teste de farmácia e o exame de sangue. Francisco ficou me olhando e disse que agora as coisas iam mudar, porque teríamos de ir morar juntos, que no quartinho onde ele estava não dava mais mesmo. Falou que o seu Eurico, dono da loja, ia promovê-lo a subgerente. E que teríamos uma casa só nossa.

Estava tudo certo na cabeça do Francisco, tudo resolvido. Mas quando eu disse a ele que não tinha certeza se queria ter um filho, Francisco parou na mesma hora de projetar nosso futuro e perguntou, *como é quié*.

E eu repeti que não sabia se queria ter um filho. Francisco parecia não acreditar no que eu dizia e perguntou novamente *como é quié*. Nesse momento, tive um assomo de chorar, mas me segurei. E o Francisco disse, você é maluca, é. Quer o quê, abortar essa criança. É isso, ele perguntou. Aquele jeito dele em nada lembrava o Francisco delicado e profundo que eu havia conhecido.

Não respondi e continuei quieta. Francisco ficou em silêncio também, mas depois voltou a falar que mesmo eu não estando mais na igreja, Deus continuava ao nosso lado e que tirar uma criança inocente era pior que matar uma pessoa já nascida. E você sabe muito bem o que acontece com as pessoas que decidem tirar a vida de uma criança. Francisco não esperou que eu respondesse. Ele mesmo disse: as pessoas vão para o inferno, Estela, para o inferno. Queimam para sempre na eternidade. Deus não gosta das aborteiras.

Ouvindo Francisco vociferando daquela forma, tive a impressão de que sua voz emudecia porque fui me desligando de tudo. Um silêncio passou a me habitar. Eu estava me aprofundando. Eu era o meu útero. O casulo para o qual eu quis voltar em meu sonho. Eu estava me tornando uma filósofa.

Quando a comida veio, não toquei em nada. Francisco se acalmou. Para ele, meu silêncio era um sim. Depois, continuou dizendo que na semana seguinte nós iríamos ao posto de saúde para fazer o pré-natal e que tínhamos de pensar num nome. Perguntou se eu já tinha pensado em algum; resmunguei que não sabia. Francisco falou que se fosse menino poderia se chamar Francisco Júnior, porque sempre quis ter um filho que pudesse chamar de Júnior, mas que, se fosse menina, poderia se chamar Petúnia, em homenagem à vozinha dele, que morrera no ano passado. Ele olhou para mim e me pediu desculpas por ter ficado nervoso comigo e disse que era para eu pôr um sorriso no rosto. Vou ser pai, ele disse. Temos de estar felizes.

Escutei e concordei com tudo. Não estava disposta a discutir nada com ele. Porque eu estava me aproximando do lado esquerdo do meu coração, então era preciso calar, calar até que o momento exato surgisse, até que meu grito pudesse sair puro e vulcânico, livre das amarras. Livre do peso dos homens.

Depois do almoço, Francisco disse que tinha de voltar para a ferragem. Falou para eu ir para casa descansar, que agora eu era uma mulher grávida e precisava de todo o cuidado possível. Deu-me um beijo na testa, quase como se fosse meu pai, e depois nos separamos.

Fui para casa tentando evitar a culpa por ser nova demais para tudo aquilo. Por ter feito tudo nova demais. Pensando que Francisco era velho demais para mim. Que eu não tinha nenhuma independência na minha vida. E foi a primeira vez que compreendi Melissa quando ela quis voar pela janela.

# 12.

Melissa disse que eu tinha de tomar dois comprimidos de uma vez e outros dois eu tinha de colocar na minha vagina, o mais fundo que pudesse. Eu falei que nunca tinha visto alguém tomar comprimido pela vagina. Ela me olhou e disse que eu podia confiar nela. Que já tinha experiência naquilo. Depois, explicou que eu poderia sangrar e sentir cólica, mas que eu não me assustasse, que era assim mesmo. Eu não queria que fosse assim.

Melissa, você acha que meu filho é um poema que não deu certo, perguntei.

Esqueça isso, Estela. Deus não nos escreveu. Não somos literatura.

Fui para casa e tomei os comprimidos. No meio da madrugada, a dor apareceu aguda e violenta, como se minhas entranhas estivessem sendo retorcidas. Levantei em silêncio, com a mão na barriga, e não acendi a luz para não acordar a madrinha nem o Augusto. Quando tirei a calcinha, vi que ela estava suja de sangue. A dor ainda era controlável, mas me assustei com a quantidade. Tive medo de morrer naquele dia. Pensei em chamar minha madrinha. Mas apenas voltei para cama e me encolhi na forma de um feto.

Quando o dia amanheceu, fui trabalhar. Não sabia dizer se a dor era menor ou se eu havia me acostumado com ela. Na hora do almoço, a dor aumentou novamente, então fui num orelhão e liguei para a Melissa.

Encontramo-nos no centro da cidade. Ela disse que tínhamos de ir à emergência de um hospital para ver se eu já havia abortado. E que talvez eu precisasse fazer uma curetagem. Disse a ela que não tinha dinheiro. Melissa falou para não me preocupar.

Fomos ao hospital Souza Aguiar. No guichê de atendimento de urgência, Melissa disse que eu estava tendo uma hemorragia. A atendente perguntou onde era a minha hemorragia, e quando Melissa respondeu, a moça talvez tenha percebido que se tratava de um aborto e fez uma cara de reprovação. Pediu minha identidade e depois mandou a gente esperar no saguão. A dor agora me impedia de caminhar. Sentei-me no banco com dificuldade.

Esperamos por umas duas horas até eu ser chamada. A médica que me atendeu perguntou o que tinha acontecido. Contei a verdade a ela: que eu tinha tomado dois comprimidos para abortar. Ela não respondeu e não me olhou. Apenas continuou de cabeça baixa preenchendo o formulário como se eu não existisse. Encaminhou-me para fazer um ultrassom e, se preciso fosse, uma curetagem. Disse também que a minha hemorragia estava muito forte e que talvez eu precisasse ser internada.

Depois de ouvir aquilo, tive a impressão de estar perdendo minhas forças. Eu quis dizer para a Melissa que eu tinha medo de morrer. Mas preferi guardar o medo comigo. Depois, me deram um remédio para controlar a dor e o sangramento e mandaram esperar.

Foram mais duas horas sentada num banco duro e frio. Eu ainda não havia parado de sangrar. Conforme o tempo ia passando, o medo crescia e pensei em ligar para a madrinha. Melissa perguntou se eu estava maluca. Quer piorar as coisas, é.

Ela foi ríspida comigo, mas sei que tinha razão. Era melhor não envolver minha madrinha, pelo menos não por enquanto.

Chamaram meu nome. Tive a ajuda da Melissa para caminhar. Fomos para uma sala onde havia outras mulheres. Melissa teve de voltar para o saguão. Não a deixaram ficar. Um moço muito jovem veio falar comigo, depois descobri que se tratava de um estudante de medicina. Ele era muito branco, sardento e por algum motivo parecia não combinar com aquele ambiente.

Menina, precisamos falar com o seu responsável, viu.

O estagiário falava comigo ignorando que eu pudesse estar sentindo alguma dor. Eu disse que minha mãe não morava comigo, que ela estava viajando. O moço perguntou pelo meu pai. Eu disse que nunca mais soube dele. Enquanto ele me atendia, a dor começou a aumentar novamente.

Onde foi que você conseguiu esses comprimidos, ele perguntou. Eu disse que uma amiga tinha me conseguido, mas não sabia de onde tinha vindo.

Você sabe que isso é crime, ele perguntou.

Eu não respondi.

Você sabe que eu posso chamar a polícia e o Conselho Tutelar, né, ele disse.

Continuei em silêncio.

A dor continuava aguda. O rapaz disse que talvez eu precisasse ser internada, mas que, por enquanto, eu teria de ficar no corredor, porque havia superlotação.

Meia hora depois, uma médica veio falar comigo. Olhou meu prontuário e disse que não sabia como eu ainda estava de pé. Mandou que fizesse outro exame. Colocaram-me numa maca e me levaram para algum lugar. Nessa hora, a dor já havia ultrapassado meus limites. Lembrei-me das formigas. Elas eram eternas.

# 13.

Quem me acordou foi uma enfermeira negra, e por alguns instantes achei que fosse a Conceição. Um dos meus braços estava espetado com soro. Olhei para o lado e vi que ainda estava no corredor do hospital. Perto de mim havia uma senhora que gemia de dor e chamava por alguém. Mas ninguém aparecia. Tentei me levantar e não consegui. Sentia-me fraca. Logo em seguida, chegou a mesma enfermeira parecida com a Conceição, olhou para o meu soro e disse que eu quase tinha morrido, mas que agora estava tudo bem. Que dali a pouco um médico vinha falar comigo. Perguntei a ela se a Melissa, minha amiga, estava por perto. Ela disse que ia ver isso para mim.

Soube que a Melissa ainda estava no saguão. Antes do meio-dia uma médica veio falar comigo. Ela disse que eu tinha passado por um grande susto, porque tinha perdido muito sangue. Foi a primeira vez que alguém me perguntou se eu estava bem. No entanto, ela me alertou que ainda não tinha acabado. Disse que, apesar de todo o sangue que eu havia perdido, uma parte do feto ainda estava dentro de mim. Que eu passara por uma coisa chamada aborto retido, quando o feto morre, mas pedaços dele permanecem no útero. Disse que agora eu devia esperar o corpo expelir naturalmente, pois esse procedimento é melhor para não agredir meu útero. Falou que em alguns dias meu corpo ia se encarregar de tudo, que a natureza era sábia e perfeita. Depois, solicitou que eu fizesse mais um exame, e que no outro dia eu receberia alta, porque era perigoso ficar ali e desenvolver alguma infecção hospitalar.

Quando ela saiu, fiquei me perguntando por que aquele filho morto não tinha me deixado de vez. Por que persistia em morar dentro de mim. Coloquei a mão na barriga e por algum tempo imaginei que ele ainda estivesse vivo, e que poderia estar crescendo. Mas a ideia da maternidade me magoava. Pensei que o aborto era uma espécie de gravidez ao contrário. Gerada num mundo invisível e desmaiado. Eu teria um filho que faria aniversário todos os anos em minha memória. Um filho sem nome e feito de histórias inventadas. A gravidez não era apenas carregar um corpo dentro de si, mas criar um mundo para alguém. Minha mente ia longe, porque pensar era a única coisa que me salvava.

Meio-dia era a hora das visitas. A Melissa apareceu e nos abraçamos. Logo em seguida, o pastor Everaldo, a madrinha e o Augusto chegaram. Melissa disse que teve de chamá-los porque o hospital estava exigindo um responsável.

Mas o que foi isso, Estela. Como isso foi acontecer, perguntou a madrinha.

O Augusto não me olhava diretamente: não sei se de vergonha, preocupação ou tristeza. Mesmo assim, ele se aproximou e perguntou se eu estava melhor. Eu disse que sim e me recostei na cama. Melissa aproveitou o momento e disse que ia me deixar com a minha família. Ela me deu um beijo no rosto e saiu. A senhora perto de mim continuava gemendo.

A madrinha disse que o Francisco estava vindo me ver e que ela não havia dito nada à minha mãe por enquanto, pois eu já era quase uma adulta e, portanto, tinha responsabilidade sobre tudo que me acontecera, mas que Deus haveria de perdoar.

O pastor Everaldo se aproximou de mim e disse que isso só tinha acontecido porque eu parara de ir aos cultos. Depois me chamou de ovelha desgarrada. Nesse momento, pediram licença no corredor para uma maca passar. Eu estava sentido fome. O pastor Everaldo se aproximou novamente e disse que as portas da igreja estavam abertas para mim.

Foi então que, em voz mansa e sóbria, eu disse:

Eu estou bem, pastor, não quero as portas da igreja abertas para mim.

O pastor disse que eu não sabia o que estava dizendo; que minha debilidade não me deixava discernir o certo do errado.

Eu sei o que é certo, pastor, eu disse, num tom de voz mais alto.

Minha madrinha falou para eu me acalmar. Eu respondi que estava calma. O pastor disse, deixa, irmã, deixa que ela deve estar fora de si. A histeria é fruto de tudo isso que ela está passando.

Nesse momento, voltei a sentir dor. Mas não demostrei. Não queria que me vissem mais fraca do que eu estava. Enquanto isso, eles discutiam sobre eu estar fora de mim, estar possuída por seres ruins, garanto que isso é coisa das macumbas que a avó deles fazia, mas aqui se faz e aqui se paga. Não se brinca com o fogo de Deus.

Minha dor voltou a ser lancinante, como se tivesse entendido que a minha vez de me libertar chegara. Interrompi e, ainda em voz baixa e pausadamente, disse:

Por favor, saiam daqui.

A madrinha se aproximou.

Que é isso, Estela, isso é jeito de falar.

Repeti ainda com calma:

Saiam daqui.

Não fale desse jeito, menina. Que é isso. Olha a falta de respeito.

E foi então que meu grito pleno e vulcânico saiu:

Saiam daqui!

Gritei como se estivesse sendo atacada por um demônio. Meus gritos chamaram a atenção de todos, e até a senhora que estava do meu lado parou de gemer.

Talvez assustado, meu irmão, que até então estava quieto, se manifestou.

Madrinha, vamos embora. Vamos deixar a mana descansar, por favor.

Quando disse isso, Augusto me olhou e talvez tenha se lembrado de que éramos irmãos.

O pastor saiu repetindo que eu era uma ovelha desgarrada e que as portas da igreja estavam abertas para mim. A madrinha disse que ia falar com a minha mãe, que aquilo tudo era uma coisa muito séria.

Quando o Francisco chegou, eu já estava tentando ter apetite para almoçar. Ele me olhou e não disse nada, apenas me abraçou. Disse que gostava de mim e que logo sairíamos dali. No outro dia, Francisco me levou para a casa dele no morro do Vidigal. Não sei onde ele arranjou dinheiro para pagar um táxi. Eu estava saindo do hospital com um filho morto dentro de mim. Não sabia quando ele ia sair. Enquanto Francisco e eu íamos no táxi, um grupo de manifestantes pedindo Fora, Collor passou na nossa frente. Estavam todos de preto, e alguns tinham a cara pintada com as cores da bandeira.

Demoramos para sair do lugar por causa do protesto. Já não sentia dor nem sangrava mais. No táxi, fiz um grande esforço para não me culpar, para não achar que Deus estava me castigando. Pensei que Deus era como meu pai: lembrava-se de mim de vez em quando.

Quando chegamos, Francisco me tratou da melhor forma que pôde. Preparou a cama para mim. Fez janta e dormiu abraçado comigo. No entanto, de madrugada, voltei a sentir dor, mas agora não tão forte quanto antes. Levantei e fui ao banheiro. Quando sentei no vaso, senti um alívio. De repente, algo escorregou envolvido em sangue. Tive a sensação de ter uma bolinha descendo. Levantei e olhei. Eu sabia que era ele. Senti-me aliviada e triste. Chamei o Francisco. Quando ele apareceu na porta do banheiro, eu disse que agora tudo estava acabado. Está acabado, repeti. No entanto, ele ficou parado na frente da privada sem reação, mas, ao final de alguns instantes, Francisco disse que ia pegar o que restou do filho dele, porque queria enterrá-lo, e eu disse, não faz isso, Francisco. Segurei o braço dele. Mas Francisco tentou se desvencilhar e disse que queria dar um tratamento digno ao filho. Que ele, como pai, tinha esse direito. Mas eu disse, gritando, que não. Que eu não suportava mais. Que eu só queria que aquilo acabasse de uma vez, Francisco, agora acabou, Francisco, acabou, pelo amor de Deus acabou. Eu não aguento mais.

Não sei quantas vezes eu repeti aquilo. Até que num gesto brusco, avancei até o vaso e puxei a descarga.

# 14.

Depois daquele dia, não voltei mais para a casa da madrinha. Foi a Melissa quem passou para pegar minhas coisas. Minha mãe pediu para eu voltar para Porto Alegre. Passei alguns meses na casa do Francisco. Ele disse que em breve a gente ia se casar. Que estava guardando dinheiro para a festa. Eu estava perto de completar dezesseis anos. Novamente, veio a ideia de ser muito nova para aquilo tudo. Uma tristeza profunda me veio quando me lembrei da minha prima Angélica. Naquele momento, tudo o que eu mais queria era poder ser egoísta por desejar ter um pouco de juventude.

Então, um dia, quando estava sozinha, juntei minhas poucas coisas e abandonei Francisco. O abandono era a única forma de me proteger. Talvez Francisco me perdoasse. Ele teria a vida inteira para isso. Enquanto descia o morro, chorei um pouco. Entrei no primeiro ônibus que vi. Sentei e encostei a cabeça na janela, como eu gostava de fazer. E ali tive a certeza de que o Deus do qual o pastor Everaldo me falava não existia ou não sabia nada de nós.

Quando me lembrei da minha mãe, quando fiz um esforço para enxergar cada detalhe do seu rosto, compreendi com assombro algo importante: que Deus estava mais próximo do que eu imaginava. Deus estava espalhado em algumas mulheres que conheci. Deus não era homem. Deus sempre foi mulher. Seria mais honesto pensar dessa forma. Suportar a vida como elas fizeram, dar conta de tudo era sobre-humano. Tive uma dor no peito que me trouxe outra revelação: a de que Deus era, na verdade, a minha mãe limpando o chão na casa das madames. Deus era a minha mãe tendo de sustentar a casa sozinha porque meu pai nos esquecera. Deus era a minha tia cuidando do tio Jairo com derrame. Deus era a Melissa querendo voar pela janela. Deus era a minha madrinha Jurema suportando o Padilha. Deus éramos nós sendo violentadas. Deus era eu carregando um filho morto no ventre.

Pensei que, se um dia eu voltasse a Porto Alegre, poderia dizer isso tudo à minha mãe. Talvez ela precisasse saber disso também. Queria que tivesse o mesmo espanto que tive. Quando passei por Copacabana, olhei para o mar e pensei que não havia culpados, ou então todos eram culpados. Sofremos o que tínhamos de sofrer. Não precisávamos ter medo de mais nada. A tristeza nos absolveria de Deus.

1ª EDIÇÃO [2022] 6 reimpressões

ESTA OBRA FOI COMPOSTA EM ELECTRA PELO ACQUA ESTÚDIO E
IMPRESSA EM OFSETE PELA GRÁFICA BARTIRA SOBRE PAPEL PÓLEN
DA SUZANO S.A. PARA A EDITORA SCHWARCZ EM JUNHO DE 2025.

A marca FSC® é a garantia de que a madeira utilizada na fabricação do papel deste livro provém de florestas que foram gerenciadas de maneira ambientalmente correta, socialmente justa e economicamente viável, além de outras fontes de origem controlada.